Thommie Bayer
Die kurzen und die langen Jahre

PIPER

Zu diesem Buch

Es ist 1974, als ein Verbrechen das Leben zweier Menschen in neue Bahnen lenkt: Sylvie verliert ihren Mann, Simon seinen Vater. Nicht nur die Trauer verbindet die beiden, vor allem Simon empfindet eine große Seelenverwandtschaft mit der um Einiges älteren Sylvie. Er ist sich schnell sicher, dass es Liebe ist. Doch er glaubt warten zu müssen, auch weil Sylvie von den merkwürdigen Todesumständen ihres Partners zu mitgenommen scheint. Er wartet so lange, bis der richtige Moment verstrichen, bis zu viel geschehen ist, das sich nicht mehr rückgängig machen lässt. Aber das Schicksal und die gegenseitige Zuneigung führen die beiden ein Leben lang immer wieder zusammen. Am Ende schließt sich der Kreis, doch der Ort ihres Wiedersehens ist ganz und gar unerwartet.

Thommie Bayer, 1953 geboren, gehört zu den arriviertesten Autoren der deutschen Literatur und hat sich mit seinen zahlreichen Romanen und Erzählungen eine große Leserschaft erschrieben. Neben anderen erschienen von ihm die Romane »Die gefährliche Frau«, »Singvogel« und der für den Deutschen Buchpreis nominierte Roman »Eine kurze Geschichte vom Glück«. Zuletzt veröffentlichte er bei Piper »Sieben Tage Sommer«. Thommie Bayer lebt mit seiner Frau in Staufen bei Freiburg.

Thommie Bayer

Die kurzen und die langen Jahre

Roman

Mehr über unsere Autorinnen, Autoren und Bücher:
www.piper.de

Von Thommie Bayer liegen im Piper Verlag vor:

Eine Überdosis Liebe

Spatz in der Hand

Der Himmel fängt über dem Boden an

Der langsame Tanz

Das Aquarium

Die gefährliche Frau

Singvogel

Einsam, zweisam, dreisam

Eine kurze Geschichte vom Glück

Die frohe Botschaft abgestaubt

Aprilwetter

Fallers große Liebe

Heimweh nach dem Ort, an dem ich bin

Vier Arten, die Liebe zu vergessen

Die kurzen und die langen Jahre

Weißer Zug nach Süden

Seltene Affären

Das innere Ausland

Das Glück meiner Mutter

Sieben Tage Sommer

Ungekürzte Taschenbuchausgabe
ISBN 978-3-492-30560-0
1. Auflage Mai 2015
2. Auflage Juni 2023
© Piper Verlag GmbH, München 2014
Umschlaggestaltung: Kornelia Rumberg, www.rumbergdesign.de
Umschlagmotive: Kornelia Rumberg (Blätter),
Hagen Keller / tale of years (Karussell)
Gesetzt aus der Bembo
Satz: Satz für Satz. Barbara Reischmann, Wangen im Allgäu
Druck und Bindung: CPI books GmbH, Leck
Printed in the EU

Für Jone

Es gibt Anblicke, von denen ich nicht weiß, ob sie mir gut- oder wehtun, ob ich hinsehen darf oder den Blick abwenden soll, und irgendwann habe ich den Blick abgewandt und bin beschäftigt damit, mir selbst zu erklären, dass das eben Gesehene kein Zeichen war, keine Botschaft an mich, sondern einfach das Leben, an dem jeder zumindest mal vorbeikommt, falls er, wie ich, nicht mehr daran beteiligt ist.

Der Bahnsteig in Singen füllt sich mit denen, die aus meinem Zug aussteigen, unter ihnen ein vielleicht vierzigjähriger Mann mit kleinem Gepäck, offenem Gesicht, Lederjacke und blonden Locken.

Ich sehe, wie er seine Tasche fallen lässt, die Arme ausbreitet, strahlt und ein kleines Mädchen, vielleicht sechs, vielleicht sieben, in diese Arme springt, die Beine um seine Taille klammert, die Arme um seinen Hals und wie ein Kätzchen Kinn und Wange an seiner Schulter reibt.

Als der Zug seine Fahrt nach Stuttgart fortsetzt, sind die beiden längst verschwunden, aber ich behalte ihr Bild noch bei mir bis Schwäbisch Gmünd, wo ich, am Ende meiner Reise, aus dem Taxi steige, auf das große Gebäude eines ehemaligen Klosters zugehe, immer langsamer, je näher ich dessen Tür komme, und ich wünschte, ich müsste da nicht hinein, aber das Wünschen hilft schon lange nicht mehr, die Zeiten sind vorbei.

Und dann fällt mir ein, dass ich nicht muss. Ich will.

1964

Als das Wünschen noch half, war ich zwölf und wollte, dass mein Vater stirbt. Irgendwas musste ich aber falsch gemacht haben, denn es erwischte meine Mutter. Sie war im Garten und grub Küchenabfälle in den Komposthaufen ein, damit mein Vater sie nicht sehen und über das verschwenderische Wegschneiden der äußeren Salatblätter meckern würde, etwas kitzelte sie am Hals, sie hielt es für eine Schmeißfliege und schlug danach, aber es war eine Hornisse.

Ich saß in der Pergola und zeichnete einen Indianer, als ich ihren Schrei hörte und sah, wie sie die Treppe herab zum Haus rannte, ich folgte ihr und fand sie im Flur am Telefon, wo sie die Nummer des Arztes von einem kleinen Notizblock ablas, der an der Wand an einem Bastfaden mit Reißzwecke hing.

Die Telefone waren damals noch schwarz und hatten Wählscheiben, man steckte einen Finger in ein Loch und drehte bis zum Anschlag, dann ließ man los, und ein filigranes Rasseln ertönte, bis die Wählscheibe sich wieder in ihre Ausgangsposition zurückbewegt hatte. Ich bin froh, dieses Rasseln heute nirgendwo mehr hören zu müssen.

Sie schickte mich zu den Nachbarn, die ein Eisfach im Kühlschrank hatten, denn sie wollte die einem verrutschten Kropf ähnelnde Schwellung am Hals mit Eiswürfeln kühlen. Ich rannte los, klingelte, aber niemand machte auf, ich rannte weiter zum nächsten Haus und hatte Glück. Man gab mir eine rechteckige Blechschale mit einem Gitter darin, das ich nur herausziehen müsse, dann könne ich einzelne Eiswürfel abbrechen. Als ich zurückkam, war sie tot.

»Geh raus, Junge«, sagte der Arzt, der sich über sie gebeugt hatte und, wie ich später verstand, einen Luftröhrenschnitt versuchte, ich gehorchte und setzte mich vor die Haustür, es war Ende Oktober, und die Luft roch nach Kartoffelfeuern. Ich hörte wieder das Rasseln des Telefons und war stolz auf das Drama, das ich erlebte, und gespannt darauf, wie sich echte Trauer anfühlen würde.

1974

Als mein Vater dann viel später wirklich starb, waren die Telefone grün, rot oder beige, und ich wünschte mir nichts mehr. Nicht nur, weil es beim letzten Mal so schiefgegangen war und ich mir eigentlich hätte Vorwürfe machen müssen, schließlich hatte ich meine Mutter auf dem Gewissen. Aber ich machte die Vorwürfe nicht mir, sondern meinem Vater, der sich irgendwie aus der Schusslinie meines Fluchs gebracht und ihn auf meine Mutter umgeleitet hatte, und ich wusste längst, dass Wünsche nur etwas für Frauen und Kinder sind. Männer haben Pläne.

Ich war zweiundzwanzig und verdiente mein Geld als Klavierstimmer, nachdem ich von der Musikhochschule abgelehnt worden und aus einer Lehre als Klavierbauer rausgeflogen war.

Ein Polizist stand morgens um elf im Musikladen, wo ich gerade neue Geigensaiten einsortierte, das war mein Nebenjob, immer wenn ich keine Stimmaufträge hatte, half ich im Laden aus. Der Polizist fragte nach Herrn Stiller, ich sagte, der sei ich, und er änderte seinen Gesichtsausdruck von neutral auf besorgt.

»Ihr Vater wurde ermordet«, sagte er.

Ich sagte nichts, weil das absurd war. Mord gab es nur im Fernsehen und in Büchern, genauso wie Liebe und Spionage. Nicht dass ich viel ferngesehen oder gelesen hätte in dieser Zeit, aber früher hatte es Phasen gegeben, in denen die wirkliche Welt an dem, was ich erlebte, nur geringfügig beteiligt gewesen war.

Irgendwas musste ich mit dem Polizisten geredet haben, zumindest er mit mir, denn als er irgendwann wieder gegangen war, sah ich durch den Nebel in meinem Kopf das Bild zweier erschlagener Männer vor der Hütte am Feldberg, die mein Vater von seinem Vater geerbt und in der er seit einiger Zeit als Rentner gelebt hatte. Ohne Strom und Telefon. Und ohne Kontakt zu mir. Unser letztes Treffen lag schon Monate zurück.

Diesmal war ich nicht stolz auf das Drama, aber Trauer, wie sie mich nach dem Tod meiner Mutter bald mit Macht eingeholt und monatelang zu einer Art Roboter gemacht hatte, empfand ich nicht. Nicht nach der Nachricht und auch nicht später am Grab – mein Vater war mir so fremd geworden, dass ich nur eine Art inneres Achselzucken für ihn zustande brachte. Die Erinnerungen an meine frühe Kindheit hielt ich längst für Einbildung. Auch die wenigen Fotos aus der Zeit, bevor er angefangen hatte, meine Mutter zu drangsalieren mit seiner ätzenden ständigen Kritik und seinem noch ätzenderen tagelangen Schweigen, schienen mir keine Beweiskraft mehr zu haben – die jüngere Vergangenheit hatte sich über die ältere gelegt und alles verdeckt, was daran schön gewesen sein mochte.

~

Ich fuhr mit dem Simca meiner Freundin zum Feldberg mit offenem Fenster, weil es August und sehr heiß war und ich außerdem rauchte, was sie nicht riechen sollte – sie hatte es verboten, um den Wiederverkaufswert des Autos nicht zu schmälern. Die meiste Zeit kroch ich hinter Lastwagen her, weil ich es nicht wagte zu überholen. Als ich durch Geisingen fuhr, sagte der Moderator im Autoradio, dies sei der heißeste Tag seit hundertvierundzwanzig Jahren, dann lief *Jessica* von den Allman Brothers und danach *Monika* von Hannes Wader.

Ich wollte die Hütte verkaufen und mir vorher ein Bild davon machen, was ich alles ausräumen und abtransportieren müsste, ob ich eine Umzugsfirma brauchen oder selbst mit einem gemieteten Transporter klarkommen würde.

Es war mein zweiter Versuch. Ich hatte diesen Weg schon einmal vor zehn Tagen gemacht, zusammen mit Astrid, so hieß meine Freundin, aber wir waren nicht weiter als bis zur Lichtung gekommen, weil ich auf einmal einen Widerwillen dagegen verspürt hatte, das Haus zu betreten, die Stelle zu sehen, an der mein Vater gelegen hatte, vielleicht noch irgendwo Leichengeruch zu riechen – es war einfach unmöglich gewesen weiterzugehen. Astrid hatte mich angesehen, als wäre ich ein Idiot in ihren Augen, aber ich war ein Idiot, den man schonen musste. Ein Idiot, dessen Vater gerade ermordet worden war. Sie spottete nicht und meckerte nicht, sondern fuhr bereitwillig mit mir zum Titisee, wo es mir zu kalt zum Schwimmen war und sie sich endlich darüber lustig machen konnte, dass ich ein Weichling sei.

Ich parkte im Wald neben dem weißen Renault 16 meines Vaters und einem hellgrünen VW-Käfer und ging den Rest des Weges zu Fuß, weil ich mir nicht sicher war, ob ich mit dem Simca ohne Achsenbruch oder Loch in der Ölwanne über die Wurzeln und Steine bis zur Hütte gekommen wäre. Es gab keinen offiziellen Weg, nur Förster, Jäger, Pilzsammler, mein Vater und ich wussten, in welcher Richtung die kleine Lichtung lag, neben der sich das Häuschen an den Hang schmiegte.

Das Gras auf dem Vorplatz stand schon wieder hoch. Seit der Polizist mich informiert hatte, waren drei Wochen vergangen. Es gab kein Blut und keine Spuren, die Hütte sah aus wie eh und je, leicht vergammelt mit hier und da ein paar zerbrochenen Schindeln, sie hockte irgendwie vorläufig, wie zu einer kurzen Rast, als wolle sie gleich weiter, in der Nachmittagssonne, die sich schon den Baumwipfeln genähert hatte und bald dahinter verschwunden sein würde.

Ein Liebespaar hatte die Leichen gefunden, Sportler, eine Handballerin und ein Zehnkämpfer, die im nahen Trainingszentrum untergebracht und sicher zu Enthaltsamkeit verdonnert worden waren. Sie hatten im Wald nach einem Platz gesucht und vielleicht voller Vorfreude die Lichtung entdeckt, aber dann musste ihnen die Lust aufeinander vergangen sein, als die vielen Fliegen von den beiden leblosen Körpern aufstoben. Ich stellte mir den Anblick vor, aber außer Ekel löste das nichts bei mir aus.

Ich schloss auf, ging durch alle Räume und öffnete die Fenster, zuerst unten im Wohn- und Esszimmer mit der kleinen Küche, dann oben im Schlafzimmer unterm Dach, dann drehte ich mir eine Zigarette und ließ meinen Blick über die Regale schweifen, auf der Suche nach Büchern, die ich behalten wollte.

Dann hörte ich die Schreie einer Frau. Sie konnten von der Quelle kommen, die ihr stetiges Rinnsal am Hang unterhalb der Hütte in einen hölzernen Trog ergoss, den mein Großvater gebaut und mein Vater repariert hatte. Ich rannte nach draußen, ums Haus und in Richtung der Schreie, aber stoppte dann abrupt, weil mir der Gedanke kam, dass die Frau vielleicht angegriffen wurde und ich mich in eine gefährliche Lage brachte. Ich schlich, so schnell ich konnte, von oben heran, um erst mal zu sehen, was sich abspielte, dabei ließ ich den Blick schweifen nach einem Stück Holz, das als Waffe infrage käme, aber ich fand nichts.

Vorsichtig näherte ich mich der Stelle oberhalb der Quelle, und als ich die Szene vor Augen hatte, verstand ich, was an den Schreien ungewöhnlich gewesen war: Sie klangen nicht verzweifelt, schmerz- oder angsterfüllt.

Einerseits wollte ich sofort zurückweichen, als ich sah, dass die Frau nicht in Gefahr war, aber andererseits war sie nackt. Sie wusch sich am Trog, und ihre Schreie kamen vom eiskalten Wasser, das sie sich immer wieder mit den Händen an verschiedene Stellen ihres Körpers warf. Sie hatte rotes langes Haar, leuchtender, als man es mit Henna hinbekam, und außerdem verifiziert durch den nur wenig blasser leuchtenden kleinen Schamhaarbusch, von dem ich den Blick nur wandte, um den Rest ihres Körpers nicht zu verpassen.

Ich stand schief, in einer Haltung zwischen Nach-vorne-Stürzen und Schnell-Verschwinden, und ich stand auf moosigem Boden, also rutschte ich aus und fiel auf den Hintern. Meine Hoffnung, damit auch aus ihrem Blickfeld verschwunden zu sein, erfüllte sich nicht, sie sah mich – ihr Schrei klang jetzt anders, erschrocken, empört, zornig –, sie bückte sich nach ihren Jeans, um diese irgendwie vor sich zu halten, bedeckte aber damit nur ihre Brüste – der rote Schambusch lugte zwischen den Hosenbeinen hervor. Ich musste unendlich blöd dreinschauen, während ich mich aufrappelte und meinen Blick höflich zur Seite wandte.

»Was machen Sie hier?«

»Ich dachte, Sie seien in Not oder so«, sagte ich.

Ich sah nicht hin, aber ich hörte sie nach einer kurzen Pause lachen: »Stimmt ja irgendwie. Das Wasser ist so saukalt, dass man blaue Flecken davon kriegt.«

Ich hörte, wie sie zu mir hochkam, und sah wieder in ihre Richtung. Sie war angezogen und trug eine Umhängetasche aus indischem Stoff mit Goldfäden und kleinen Spiegelchen über der Schulter. Mir fiel ein, dass ich keine Unterwäsche gesehen hatte, nur noch ein T-Shirt und die labbrige gehäkelte Jacke, die jetzt über ihrem Arm hing.

»Und was machen *Sie* hier?«, fragte ich.

»Ich bin von Menzenschwand hier hochgewandert und war total verschwitzt.«

»Ich meine, warum sind Sie hier hochgewandert?«

»Mein Mann hat hier gewohnt, sein Auto muss hier irgendwo sein, das will ich abholen.«

»Ihr Mann? Dann müssten Sie meine Stiefmutter sein. Das wüsste ich dann doch.«

»War das Ihr Vater? Der hier ermordet wurde?«

»Ja«, sagte ich. Das zweite Todesopfer musste ihr Mann gewesen sein und der grüne Käfer ihm, das heißt jetzt ihr gehören.

Sie reichte mir ihre Hand. »Sylvie«, sagte sie. »Spengler. Das tut mir leid mit Ihrem Vater.«

»Stiller«, sagte ich, »Simon.«

»Wir haben dieselben Initialen.«

»Ja. Keine schönen.«

»Doch. Die Buchstaben können nichts für ihre Bedeutung im Dritten Reich.«

»Na ja«, sagte ich, »ein Monogramm würd ich mir nicht in die Wäsche sticken lassen.«

Ihr Mann und mein Vater waren vor Kurzem hier er-

mordet worden, und wir plauderten über die Anfangs-
buchstaben unserer Namen. Das war absurd. Aber es war
auch ein Weg, die peinliche Situation, in der ich wie ein
Spanner ausgesehen hatte, vergessen zu machen. »Wollen
Sie einen Kaffee?«, fragte ich.

»Gibt's das hier?«

»Wenn ich den Herd ankriege. Und wenn Sie Nescafé
ertragen können. So, wie ich meinen Vater kenne, hat er
keinen richtigen da.«

Als ich die Flamme mit dem ersten Streichholz anbe-
kam, ohne groß mit der Propangasflasche herumhantie-
ren zu müssen, und zwei Teelöffel in dem kleinen Gitter
neben der Spüle stehen sah, kam mir zu Bewusstsein, dass
mein Vater mitten in seinem Alltag einfach aus dem Leben geschlagen worden war, und es fühlte sich wie ein
Kreislaufzusammenbruch an. Ich stand da und starrte auf
die Flamme, bis ich die Stimme von Frau Spengler hörte:
»Was ist?«

»Weiß nicht.«

Sie sah mich prüfend an, nahm mir den kleinen Topf
mit Wasser aus der Hand und stellte ihn auf die Gas-
flamme.

»Hatten Sie ein gutes Verhältnis zu Ihrem Vater?«

»Bis vor etwa zwölf Jahren ja, seither gar keines.«

Sie schwieg und öffnete, so als kenne sie sich aus, als
gehöre sie hierher, die Tür des Schränkchens an der
Wand, um zwei Porzellanbecher herauszunehmen. Auf
einmal ärgerte mich ihre Frage. Vielleicht ärgerte mich
auch meine Antwort, vielleicht war es auch der Kreislaufabsturz – ich hatte den Wunsch, gegen etwas zu treten, aber ich beherrschte mich, und der Wutanfall ging
vorüber.

»Kannten Sie meinen Vater?«, fragte ich, um durch
höfliche Konversation einem Rückfall vorzubeugen.

»Um Gottes willen. Nein.«

»Wieso um Gottes willen?«

Sie sah mich schon wieder so forschend an, schwieg eine Zeit lang und sagte dann leise: »Sie wissen es also nicht.«

»Was weiß ich nicht?« Der Wutanfall wollte zurückkommen, ich spürte es genau. Ich stemmte nicht wie ein Volksschauspieler die Hände in die Hüften, aber ich fühlte mich irgendwie sprungbereit oder alarmiert. Ich würde bellen oder beißen, wenn sie jetzt was Falsches sagte.

»Ihr Vater und mein Mann waren ein Liebespaar«, sagte sie, »sie waren …«

Sicher wusste sie nicht, welches Wort sie verwenden sollte, Homos, Tunten, vom anderen Ufer, warme Brüder oder Schwule. Das hätte ich auch nicht gewusst. Ich hatte das Gefühl, darauf achten zu müssen, dass ich wieder Luft bekam – mein letztes Einatmen schien mir eine ganze Weile her zu sein. Sie sah mich an.

»Tut mir leid«, sagte sie.

Das Wasser kochte. Ich stellte den Herd ab. Sie löffelte Nescafé in die Becher, und ich goss das sprudelnde Wasser darüber. Wir blieben in der Küche stehen, bliesen über die Oberflächen unserer Kaffees, stellten die Tassen nicht ab, sahen beide aus dem kleinen Fenster auf die Heidelbeeren, Farne und Fichtenschösslinge davor und schwiegen.

»Er hatte den David von Michelangelo in seinem Arbeitszimmer hängen«, sagte ich irgendwann.

»Das passt.«

»Ja.«

Sie trank einen Schluck von ihrem Kaffee und verzog das Gesicht.

»Schmeckt scheiße?«, fragte ich.

»Na ja«, sagte sie.

»Gehen wir raus?«

~

Auf dem Vorplatz wollten wir nicht sitzen. Dort waren sie gefunden worden. Ich führte Frau Spengler ums Haus herum, an der Längsseite stand noch eine Bank. Hier war Schatten. Ich drehte ihr eine Zigarette, dann mir eine, dann zündeten wir beide an und sahen dem Rauch hinterher.

Sie war älter als ich. Vielleicht dreißig, dachte ich, aber ich war nicht geübt darin, das Alter von jemandem zu schätzen, und ich war auch nicht geübt im Umgang mit Frauen, die man danach nicht fragen durfte. Nein, das war falsch. Beim Klavierstimmen hatte ich oft mit den Damen des Hauses zu tun, aber ich wäre nicht auf die Idee gekommen, ihr Alter wissen zu wollen. Außer einmal, bei dieser Oberarztgattin mit dem Bösendorfer aus Rosenholz, aber das gehört nicht hierher. Sylvie Spenglers Anwesenheit neben mir auf der Bank war beruhigend und irritierend zugleich. Beruhigend war, wie sie die Stille ertrug, wie sie schwieg, ohne nervös zu werden oder mich nervös zu machen, wie sie einfach dasaß, die Ellbogen auf den Knien, und vor sich hinstarrte, ohne irgendetwas wie Düsterkeit um sich zu verbreiten, obwohl wir doch am Schauplatz des Mordes an unseren Angehörigen waren. Irritierend war, dass sie keine Unterwäsche trug und ich wusste, wie sie unter den Kleidern aussah.

Erst nach einiger Zeit begann sie zu erzählen. Die Polizei sei schon dreimal bei ihr gewesen und habe sie befragt, offenbar verdächtige man sie, weil Konrad, ihr Mann, erst vor einem halben Jahr eine Lebensversicherung zu ihren Gunsten abgeschlossen habe. Direkt nach seiner Eröffnung, dass er einen Mann liebe. Er hatte sie angefleht, bei ihm zu bleiben und trotzdem Kinder mit ihm zu bekommen, er wollte ihr seine Apotheke überschreiben, das hatte sie aber abgelehnt, und stattdessen war er eines Abends mit der Police in der Hand dagestanden.

Eine Zeit lang schwieg sie wieder, bis sie tief einatmete und mich ansah: »Sylvie«, sagte sie, »wir sind doch jetzt irgendwie verwandt.«

»Simon.«

»Wie alt bist du?«

»Zweiundzwanzig, wieso?«

»Nur so«, sagte sie.

Ich fragte nicht nach ihrem Alter.

»Ich habe mich immer bedeckt gehalten. Ich habe Konrad nie reinen Wein eingeschenkt. Er ist gestorben in dem Glauben, ich würde bei ihm bleiben.«

»Und das wolltest du nicht?«

»Auf keinen Fall. Die Vorstellung, dass er mit seinem …«

Ich wartete. Vielleicht wollte sie ja weiterreden. Und wenn nicht, dann würde ich nicht nachfragen. Sie redete weiter.

»Die Vorstellung, dass er mit einem Mann zusammen war und dann mit mir ein Kind machen will, hat mich geekelt.«

Vielleicht hatten wir dasselbe vor Augen. Ich stellte mir einen Mann vor, der einen anderen Mann penetriert. Keiner der beiden hatte das Gesicht meines Vaters. Eigentlich hatten sie beide kein Gesicht. Nur die für den Vorgang notwendigen Körperteile.

»Bist du …«, fing ich an, aber ich wusste nicht, wie weiter, also versuchte ich es noch mal anders: »Tut er dir leid?«

»Irgendwie schon«, sagte sie, »aber es ist auch so neutral, so weit weg, es ist, als wäre da jemand gestorben, der mir nichts bedeutet. Es tut mir nur noch für ihn leid, nicht mehr für mich.«

»So ähnlich geht's mir mit meinem Vater«, sagte ich.

Sie ging nicht darauf ein. Das war mir recht. Meine fehlende Sohnesliebe war kein vergleichbares oder irgendwie relevantes Thema, es war ihrer Bitterkeit, der Verletzung, Enttäuschung, oder was auch immer sie fühlen musste, nicht ebenbürtig.

»Er hieß übrigens Klaus«, sagte ich nach einer Weile. »Sie hatten auch dieselben Initialen.«

~

Fast eine halbe Stunde lang saßen wir da und betrachteten den Boden zwischen unseren Füßen, rauchten Zigaretten, die ich uns drehte, und schwiegen.

Irgendwann sagte sie: »Die ermitteln jetzt vielleicht in die falsche Richtung, die wissen nichts von der Homobeziehung, die haben keine Ahnung davon und halten sich, obwohl nichts weggekommen ist, an der These vom Raubmord fest. Die mit mir als Täterin müssten sie inzwischen aufgegeben haben. Seit der Todeszeitpunkt feststeht, hab ich ein Alibi und käme höchstens noch als Auftraggeberin infrage.«

»Und du hast ihnen nichts davon gesagt?«

»Nein.«

»Wieso nicht?«

»Zuerst dachte ich, ich wollte Konrads Andenken nicht beschmutzen, aber das war Heuchelei. Ich will in Wirklichkeit nicht dastehen als die verschmähte Frau.«

Ich schwieg eine Weile, denn mit ihr über Sex zu reden machte mich verlegen. Aber schließlich sagte ich:

»Du bist doch aber für jeden Mann ein Traum. Tröstet dich das nicht?«

»Für diesen einen war ich eher der Albtraum.« Sie lächelte mich an. Dann fuhr sie mir mit einer fahrigen, vorläufigen Bewegung kurz durch die Haare und drehte sich wieder weg.

»Bis jetzt tröstet's mich noch nicht«, sagte sie ein wenig später, »aber das kann ja noch kommen. Danke für die Idee.«

»Das ist keine Idee«, sagte ich und sah nicht zu ihr hin. Ich wusste, dass sie wieder lächelte.

»Wenn jetzt irgendjemand die beiden mal gesehen hat, ein Wanderer oder so, vielleicht haben sie sich geküsst oder was weiß ich, kann der dann nicht auf die Idee gekommen sein, mit einem Eisenrohr oder so was wieder herzukommen, um diese unsittlichen Sünder aus der Welt zu schaffen?«

»Soll *ich* es der Polizei sagen?«

»Nein.«

»Wieso gehen die eigentlich von Raubmord aus, wenn nichts fehlt, das ist doch bescheuert.«

»Sie haben jetzt die Theorie, dass der Mörder vielleicht überrascht wurde und floh, bevor er was mitnehmen konnte.«

»Nicht sehr überzeugend.«

Wieder schwiegen wir, sie gelassen und ich durcheinander, weil mir Gedanken durch den Kopf rasten, die ich nicht festhalten konnte. Es blitzte oder wetterleuchtete durch mein Gehirn, dass ich neben einer Mordverdächtigen saß, die ich vor Kurzem nackt gesehen und durch meinen Trostversuch zum Traum aller Männer, in Wirklichkeit vor allem zu *meinem* Traum erklärt hatte, dass mein Vater mit einem Mann zusammen gewesen war, dass der Mörder jederzeit wieder auftauchen konnte, um den Rest der verkommenen Familie vielleicht auch noch zu erledigen, dass wir vielleicht über Nacht hierbleiben konnten und …

»Schläfst du hier, oder fährst du nach Hause?«, fragte sie.

»Weiß nicht«, sagte ich.

»Ich mach mich jedenfalls langsam auf. Ich muss noch einkaufen, wenn ich daheim bin.«

»Wo ist das?«

»Lindau.«

Jetzt wurde mir bewusst, dass der grüne Käfer eine Lindauer Nummer hatte. Das war mir aufgefallen, aber nicht im Gedächtnis geblieben.

»Du solltest nachschauen, ob es hier noch verderbliche Sachen gibt«, sagte sie, »nicht dass dir das Haus noch von innen her verfault.«

~

Wir fanden in dem kleinen Keller, der hinter der Hütte in den Hang gebaut und auch im Hochsommer kühl genug für Lebensmittel war, einiges: Butter, Brot, Eier, einen schimmligen Käse, Marmelade, eine Salami und ein Stück Schinkenspeck. Ich packte alles außer Speck und Salami in eine Plastiktüte, die ich dem nächsten Papierkorb anvertrauen wollte, dann gingen wir durchs Haus, und Sylvie suchte nach Dingen, die ihrem Mann gehört hatten, fand aber nur einen Waschbeutel mit Rasierzeug, ein Zigarettenetui und ein kleines Kofferradio. Sie legte alles nebeneinander auf den Tisch.

Als wir vor dem Einbauschrank standen, strich sie über ein paar Jacken und Hosen, die dort hingen, und fragte mich, ob ich die brauchen oder wegwerfen könne.

»Verschenken vielleicht«, sagte ich.

»Versteh ich«, sagte sie.

Ich brachte sie zu den Autos, und sie versuchte, den Käfer zu starten, aber der gab nur keuchende, röchelnde Geräusche von sich, anstatt anzuspringen, und nachdem ich Astrids Simca und den Renault meines Vaters vergeblich nach einem Starterkabel durchsucht hatte, gab ich ihr den Schlüssel des Renault und meine Adresse, und wir verabredeten uns für den nächsten Samstag, an dem sie mich damit abholen sollte, dann würden wir gemeinsam wieder hierherfahren und den Käfer flottmachen.

Als sie zuerst über die Wurzeln und dann über die Wiese geholpert war und den Motor dabei mehrfach abgewürgt und neu gestartet hatte, ging ich zur Hütte zurück und versuchte, Dinge zu finden, die ich gleich ins Auto legen und mit nach Hause nehmen konnte, aber außer zwei Fotoalben, in denen ich bei flüchtigem Durchblättern Bilder von mir als Kind gesehen hatte, und einigen Packungen mit Nudeln nahm ich nichts mit. Von den Kleidern meines Vaters würde ich kein einziges Stück anziehen, obwohl ich jetzt mit neuem Blick sah, dass zwei Jacketts, zwei Anzüge und einige Hosen von sehr guter Qualität waren. Auch in drei Jacketts, von denen ich glaubte, dass sie seinem Freund gehört hatten, fand ich auf den eingenähten Etiketten Namen, die mir etwas sagten. Valentino, Cardin, Saint Laurent. Ich würde das alles dem Roten Kreuz überlassen.

~

Ich merkte es nicht sofort, aber irgendwann auf der Fahrt, immer weiter auf ein Gewitter zu, das sich von der Schweiz her über dem See zusammenschob, kam mir zu Bewusstsein, dass ich aufgehört hatte, meinen Vater zu verachten. Sein gewaltsamer Tod hatte das nicht vermocht, aber die Nachricht, dass er homosexuell gewesen war, änderte auf einmal alles. Jetzt war es Schicksal und nicht mehr nur Gemeinheit, wie er meine Mutter behandelt hatte. Er musste sich geschämt haben dafür, dass er sie als Fassade für ein normales Leben missbrauchte, dass er sie belog, dass er sie nicht begehren konnte, obwohl sie doch alles hatte, worum ihn andere Männer beneideten – sie war attraktiv und gewandt gewesen, eine gute Tänzerin und, solange er sie noch hofiert hatte, ein fröhlicher Mensch – das wusste ich von ihrer Schwester, bei der ich nach dem Tod meiner Mutter ein Jahr lang gelebt hatte – mein Vater musste sich gehasst haben für das, was er ihr antat, aber es war ihm nicht möglich gewesen, sich anders zu verhalten, die Chemie seines Gehirns hatte das vereitelt. Er tat mir leid.

Chemie? Mir wurde schlecht, als ich mich fragte, ob ich das geerbt haben könnte. Ich musste rechts ranfahren, weil ich mich so zittrig fühlte, dass ich glaubte, das Lenkrad nicht mehr unter Kontrolle zu haben. Aber ich kam nicht mehr dazu, mich dieser Angst zu überlassen, denn ich hatte einen Tramper mit Gitarrenkasten übersehen, der vielleicht dreißig Meter entfernt an einer Einfahrt stand und jetzt mit freudigem Gesichtsausdruck zu mir herkam.

Er lenkte mich für den Rest der Fahrt nach Konstanz von meinen panischen Gedanken ab, erzählte mir, dass er im Beese Miggle spiele, einer kleinen Konzertkneipe, die ich kannte, weil ich dort einmal im Jahr das Klavier stimmte. Er lud mich für den Abend ein und versprach, mich auf die Gästeliste zu setzen, und wir unterhielten uns über Musik im Allgemeinen und seine Musik im Besonderen, sodass ich tatsächlich vergaß, mich zu fürchten, ich könnte auf Männer abfahren – auf ihn schon mal nicht, er roch nicht besonders gewaschen, und schließlich, als ich ihn am Hafen aussteigen ließ, lachte ich über mich selbst. Ich hätte das doch schon früher gemerkt. Ich musste nicht erst das Bild der nackten Sylvie vor mein inneres Auge holen, um zu wissen, wie meine Gehirnchemie beschaffen war.

~

Dass ich Streit mit Astrid bekam, schien mir ganz folgerichtig. Ich war ein anderer Mensch nach dieser Fahrt auf den Feldberg, nicht mehr der, den sie kannte, obwohl der Anlass des Streits sich meiner Erinnerung nach eher einer Art Überdruss verdankte und nichts mit Überraschung oder Veränderung zu tun hatte. Ich rückte mal wieder das Bild an der Wand, einen Druck von Dante Gabriel Rossetti, gerade. Sie hasste es, wenn ich das tat, ich hasste es, das immer wieder tun zu müssen. Entsprechend übellaunig reagierten wir beide aufeinander, als sie mich einen analen Zwangscharakter nannte und ich abfällig antwortete, ich täte das freiwillig und es gehe nicht um Ordnung, sondern um Schönheit.

Ein Wort gab das andere, die Türen knallten, und die letzte knallte hinter mir, als ich losging, um meinen Ärger im Beese Miggle zu ertränken.

Mein Tramper war witzig und ein guter Gitarrist, er unterhielt die knapp zwanzig Zuhörer mit seinen Eigenkompositionen, und es spielte keine Rolle mehr, wie er roch, jedenfalls nicht für mich, denn ich saß drei Stuhlreihen von der Bühne entfernt und drehte mir eine Zigarette nach der anderen, trank drei Gläser Beaujolais Primeur, spielte später am Abend, als alle Gäste gegangen waren, mit dem Tramper zusammen *Wild Horses* und *Hey Jude* und torkelte dann durch den Gewitterregen nach Hause.

Astrid war nicht da. Ich riss mir die Kleider vom Leib, fiel ins Bett und träumte fürchterlich. Irgendetwas mit Angst und Flucht und Lähmung, aber dann penetrierte ich einen Männerhintern, und dann hatte der Mann langes rotes Haar, wandte sich mir zu und war kein Mann mehr, sondern Sylvie, die entgeistert schrie: »Was machst du da? Bist du verrückt?« Und ich hatte Lust empfunden.

Zum Glück lag Astrid nicht neben mir. Ich hätte mich vor ihr noch mehr geschämt als vor mir selbst, obwohl man für Träume nichts kann. Aber schwuler Sex stand auf einem anderen Blatt. Das hätte ja ein verdrängter Wunsch sein können.

Sie lag nicht neben mir, weil sie die Nacht mit einem anderen verbracht hatte. Aus lauter Wut war sie genauso losgezogen wie ich, um unseren Streit zu vergessen, und hatte einen Kommilitonen getroffen, den sie aus lauter Wut auf einmal ganz nett fand und aus lauter Wut irgendwann küsste, um ihm dann aus lauter Wut auf seine Bude zu folgen und mit ihm zu schlafen. Sie erzählte es mir am späten Vormittag unter Tränen, ließ aber keinen Zweifel daran, dass ich schuld sei und sie nichts dafür könne.

Ich nutzte die Gelegenheit, um mit ihr Schluss zu machen, denn mir war schlagartig klar geworden, dass wir einander nicht mal richtig mochten. Wir waren ein Paar gewesen, weil wir eben ein Paar gewesen waren, zufällig aufeinandergetroffen und zufällig beieinandergeblieben, zärtlich genug, um nicht viel zu vermissen, aber nicht zärtlich genug, um nicht mehr zu ersehnen. Ihre Tränen wichen schnell einer neu aufflackernden Wut, und das machte es uns leicht auseinanderzugehen. Ich gab meine Erleichterung nicht zu, ich tat, als wäre ich traurig, während sie erklärte, ich sei nur ein Intermezzo gewesen, an mich habe sie sich ohnehin nicht verschwenden wollen.

Besser so, dachte ich, aber ich sagte: »Ein schönes Leben weiterhin.«

»Arschloch«, sagte sie und fing an, ihre Sachen zu packen, denn die kleine Wohnung gehörte mir. Das heißt, ich hatte den Mietvertrag unterschrieben, und sie musste sich was Neues suchen.

~

Die beiden Fotoalben meines Vaters lagen auf meinem kleinen Schreibtisch, aber ich schlug sie nicht auf, weil ich den richtigen Moment abwarten wollte. Ich würde neu über meinen Vater nachdenken, meine Erinnerung überprüfen, würde darin nach Anzeichen tragischer Verwirrung suchen und auf den Fotos vielleicht Hinweise finden darauf, dass er fremd gewesen sei, unbehaust, maskiert – ein Mensch im falschen Leben. Ich wollte ihn freisprechen, weil ich nun seine Angepasstheit als Mimikry des Außenseiters deutete. Ich hatte auf einmal ein heroisches Bild von ihm. Und ich stellte mir vor, dieses Bild in kontemplativer Ruhe zu studieren und auszuschmücken, irgendwann, nicht jetzt, nicht zwischen Tür und Angel und Arbeit und Astrids Auszug. Sie schaffte ihre Sachen am nächsten und übernächsten Tag aus der Wohnung.

Die meiste Zeit dachte ich an Sylvie und hatte es eilig, die Woche herumzukriegen. Ich stimmte den Flügel im Theater, den im Musiksaal des Gymnasiums, das Klavier im evangelischen Gemeindehaus und noch einige andere in Privatwohnungen, packte nebenbei im Laden mit an, wo umgeräumt wurde, weil die Abteilung mit Rock-Instrumenten inzwischen den größeren Platz beanspruchte und meine Domäne in die hinteren, kleineren Räume umziehen musste. Ich saß abends mit meinen

Musikladenkollegen Manni und Knut am See, wo wir Rotwein aus Zweiliterflaschen tranken und ich keinen der Joints anrührte, die die beiden drehten – ich träumte vor mich hin, während sie ihre üblichen lahmen Witze rissen, politische Verschwörungstheorien vor sich hinbrabbelten und sich nicht weiter darum scherten, dass ich anscheinend vorübergehend ausgefallen war. Ich hatte Sylvies Bild vor Augen, und es vermischte sich immer mehr mit dem Druck von Rossetti, den Astrid mitgenommen hatte.

Den Teddy hatte sie mir dagelassen. Ein Geschenk von mir zu unserem einjährigen Jubiläum. Er lag auf dem Rücken auf dem Boden, als wollte sie mir damit zeigen, dass sie ihn genauso verachtete wie mich – irgendwie war er wohl daran mit schuld, dass sie mit ihrem Pullunder tragenden Kommilitonen hatte schlafen müssen. Ich nahm ihn auf und setzte ihn neben mein Kopfkissen.

Und ich sah mich selbst, wie ich zärtlich an seinen Ohren zupfte, und zuckte zurück, als hätte mich jemand beim Schwulsein ertappt. Ich wusste, dass es lächerlich war, aber das neu erwachte Misstrauen gegenüber meinen zarteren Regungen war da und ging nicht davon weg, dass ich ironisch den Mund verzog.

Und auf einmal war ich doch traurig, denn ich erinnerte mich daran, wie Astrid den Teddy geküsst und manchmal beim Radiohören auf ihren Schoß gesetzt hatte. Über ihn waren Zeichen der Zuneigung zwischen uns hin- und hergeschickt worden. Ich zupfte extra noch einmal an seinem Ohr und kraulte ihn am Kopf.

~

Als ich am Samstag von der Arbeit kam, stand Sylvie schon vor dem Haus, an den Renault gelehnt, eine Zigarette rauchend und ohne große Ähnlichkeit mit Lady Lilith von Rossetti. Ich hatte kein Telefon und nicht daran gedacht, ihr die Nummer vom Laden aufzuschreiben.

»Bist du schon lang da?«

»Halbe Stunde«, sagte sie, »wir haben keine Zeit ausgemacht, und da dachte ich, falls du Student bist, schläfst du vielleicht bis Mittag.«

»Bin ich nicht«, sagte ich, »unsereins arbeitet bis Mittag.«

»Was denn?«

»Ich stimme Klaviere und arbeite in einem Musikladen.«

»Poetisch«, sagte sie, »fahren wir?«

Ich ging nach oben, um das von Knut ausgeliehene Starterkabel zu holen, und als ich wieder unten war, hatte sie sich wie selbstverständlich ans Steuer gesetzt und ließ sich von mir aus der Stadt dirigieren.

»Das ist eine Schaukel«, sagte sie, als wir am Hohentwiel vorbei nach Norden fuhren.

»Geht noch weicher«, sagte ich, »schade, dass er keine DS gekauft hat.«

»Was ist das?«

»Ein Citroën, der schöne flache, mit dem würde ich jetzt gern durch die Gegend schaukeln.«

»Zündest du mir eine Fluppe an?«

»Soll ich dir eine drehen?«

»Nein, von meinen, in der Tasche auf dem Rücksitz.«

Ich holte die Hippietasche mit den Spiegelchen nach vorn und hatte Hemmungen, darin herumzuwühlen, aber die Schachtel Stuyvesant lag sicht- und greifbar obenauf.

»Darfst mitrauchen«, sagte sie, als ich ihr die angezündete Zigarette mit dem Filter voran in die Hand gab, die sie, ohne herzusehen, zu mir herüberstreckte.

»Danke. Ich dreh lieber.«

Sie fuhr gut, ging lässig mit der Lenkradschaltung um, die mir noch einigen Respekt einflößte, weil ich mich erst kürzlich mit der in Knuts Fiat blamiert hatte. Wenn Sylvie schaltete, dann hing ihre Zigarette im Mundwinkel wie bei Belmondo oder Jeanne Moreau. Wir hatten beide Fenster offen, und Sylvies Haar flog um ihr Gesicht, sodass sie es immer wieder nach hinten streichen musste.

»Was bist du eigentlich für einer?«, wollte sie plötzlich wissen.

»Meinst du, ob ich schwul bin?«

»Eigentlich nicht, aber wenn du schon davon anfängst, interessiert mich das auch.«

»Nicht schwul.«

»Und sonst? Hast du ein Ziel? Willst du was werden?«

Diese Frage brachte mich durcheinander. Nicht nur, weil sie so erwachsen und überlegen klang und mich als Kind hinstellte, sondern auch, weil sie so mittenrein traf wie die entscheidende Frage in einem Verhör, der man auf einmal nicht mehr ausweichen kann und mit deren Beantwortung man preisgibt, was man bis dahin verbergen wollte.

Sylvie ließ mir Zeit. Sie fuhr, schaltete, warf nebenbei ihre Kippe aus dem Fenster und ließ mich in Ruhe, bis ich mich zu einer, wie ich fand, windelweichen Antwort durchgerungen hatte: »Ich will irgendwie bei der Musik bleiben, obwohl ich kein Musiker bin.«

Seltsamerweise fragte sie mich nicht weiter aus, wollte weder wissen, an welcher Art von Musik ich auf welche Art beteiligt sein wollte, noch, wieso ich mir so sicher war, kein Musiker zu sein, sie ließ meine Antwort einfach mit dem Fahrtwind aus den Fenstern wehen und kniff die Augen zusammen, weil wir aus dem Waldschatten nach einer Kurve in grelles Sonnenlicht kamen.

Ein Zeit lang schwiegen wir, bis sie sagte: »Ich hoffe, der Käfer springt an.«

~

Das tat er, nachdem sie mir das Starterkabel aus der Hand genommen und an Plus- und Minuspol der Batterie angeklemmt hatte. Es war überflüssig gewesen, mir von Knut die Prozedur genau erklären zu lassen, Sylvie hantierte wie ein erfahrener Mechaniker, und ich sah nur zu.

Der Käfer sprang an, und sie nahm ihre Tasche aus dem Renault, legte sie auf den Beifahrersitz, fuhr mir wieder mit der Hand durch die Haare, als wäre ich ein kleiner Junge, und sagte: »Danke für alles. Leihwagen, Starthilfe, Begleitung, mach's gut.« Und dann stieg sie ein, schlug die Tür zu, winkte zum Fenster der Beifahrertür gebeugt und fuhr los.

Ich drehte den Zündschlüssel im Renault, um den Motor auszumachen, und sah ihr nach, wie sie über die Äste hoppelte, dann über die Wiese und mit dem pfeifenden Rasseln des Käfersounds aus meinem Blickfeld kurvte in Richtung des Leistungszentrums für Sportler, dessen Gäste unsere toten Angehörigen entdeckt hatten.

~

Zur Hütte war ich nicht gegangen, hatte nicht gewusst, was ich dort noch sollte, sondern in den Wagen gestiegen und losgefahren, und erst als ich auf der asphaltierten Straße angelangt war, kam ich so weit mit der Schaltung zurecht, dass ich den Motor nicht mehr abwürgte und auch keine größeren Hüpfer mehr machte.

Ich war enttäuscht von dieser Begegnung, hatte mir weißgottwas erwartet und war mit ein paar Fragen und einem freundlichen Kopfwuscheln abgespeist worden. Erst in Singen wurde mir klar, dass es einfach dumm gewesen war, irgendwas zu erwarten, und dass weißgottwas mir nicht zustand, und ich begann mich darüber zu freuen, dass ich jetzt ein eigenes Auto hatte. Zwar wusste ich noch nicht, ob ich mir dessen Unterhalt würde leisten können, aber einstweilen genoss ich es, damit durch die Gegend zu schaukeln, und begann mir zu überlegen, wohin ich damit Ausflüge unternehmen konnte. Nach Lindau vielleicht?

~

Während der folgenden Wochen war ich damit beschäftigt, möglichst wenig an Sylvie zu denken, mir jeden Ausflug nach Lindau aus dem Kopf zu schlagen und abends nach der Arbeit Manni beim Ausbau seines Proberaums zu helfen. Er hatte in einer stillgelegten Textilfabrik, die einem Bekannten seines Vaters gehörte, das ehemalige Kontor überlassen bekommen und verfrachtete jetzt zwei Sperrmüllsessel und ein Sofa, ein altes Bücherregal, einen kleinen bauchigen Kühlschrank und eine ausrangierte Kaffeemaschine mit seinem VW-Bus dorthin. Seine Band war noch nicht komplett, es fehlten noch ein Sänger und ein Keyboarder, sodass Manni einstweilen mit der Rumpfbesetzung Schlagzeug, Bass und Gitarre probte. Er war ein sehr guter Gitarrist, konnte Stücke von Hendrix, Cream und Taste spielen und bekniete mich immer wieder, einzusteigen und Orgel oder E-Piano zu übernehmen, aber ich hatte keine Lust. Oder besser: Ich war kein Musiker, obwohl das in diesem Zusammenhang niemand gemerkt hätte, aber ich wusste es, weil ich irgendwann vor vielen Jahren kapiert hatte, dass ich ohne Seele spielte. Wie eine Maschine. Mit mir hätten sie so etwas wie Ekseption auf die Beine stellen und verrockte Klassikadaptionen herunternudeln können, aber das war nicht das, was Manni wollte, und ich wollte es auch nicht. Ich wollte nicht vor Leuten spielen. Nicht mehr.

~

Als ich nach dem Tod meiner Mutter zu deren Schwester gezogen war, die Klavier spielte und mir, als sie mein Interesse bemerkt hatte, Unterricht gab, da träumte ich von einer Karriere als Pianist, übte stundenlang und staunte über mich selbst, dass es mir so leichtfiel, die Noten zu lesen, das Gelesene auf die Tasten zu übertragen und nach kurzer Zeit schon sauber zu spielen. Und meine Tante staunte erst recht. Ich sonnte mich in der Freude, die es ihr machte, meine Fortschritte zu hören, glühte vor Eifer und bald auch vor Stolz, als Irmi, meine Tante, begann Freunde einzuladen, damit sie mich spielen hörten.

Aber nach einem Jahr hatte sie einen Mann kennengelernt und zog zu ihm in die Schweiz. Ich kam zu meinen Großeltern, die mir Klavierunterricht bezahlten, von ihrer Rente abgespart, weil das Geld, das sie von meinem Vater für mich bekamen, dafür nicht reichte, und es war nicht mehr dasselbe. Ich übte noch immer sehr fleißig, und es fiel mir noch immer sehr leicht, aber das Leuchten in Irmis Augen war so etwas wie Liebe gewesen, dafür hatte es sich gelohnt – das anerkennende Nicken des Lehrers war damit nicht zu vergleichen.

Trotzdem vernachlässigte ich die Schule, schaffte das

Abitur nur mit Mühe und Nachhilfe, die auch von meinen Großeltern bezahlt wurde, und behielt mein Ziel so lange vor Augen, bis es an einem der Professoren bei der Aufnahmeprüfung in Stuttgart zerschellte, der mein viel zu mechanisches Spiel als das eines Roboters bezeichnete und mir empfahl, noch mal ganz von vorn anzufangen, wenn es mir ernst sei mit diesem Instrument.

Ich ließ den Traum fahren, denn ich war ein braver Junge, der nicht aneckte und immer aufmerksam den Empfehlungen Erwachsener folgte oder zumindest so tat, weil ich mit freundlichen und unbedarften Großeltern aufgewachsen war, ohne Vater, gegen den zu rebellieren sich gelohnt hätte und normal gewesen wäre. Meine Großeltern schlecht zu behandeln kam mir nicht in den Sinn, ich vergaß nie, dass sie und ihre Tochter Irmi mich gerettet hatten vor einem Leben mit einem Vater, dessen Gegenwart ich nicht ertragen hätte.

Zum Glück war er überhaupt nicht auf die Idee gekommen, mich allein erziehen zu wollen, sondern hatte noch vor der Beerdigung meiner Mutter seine Schwägerin gefragt, ob sie mich aufnehmen würde.

~

Nachdem der Polizist bei mir im Laden gewesen war, hatte ich Irmi angerufen, die noch am selben Tag aus Luzern anreiste und mir bei allem half, was getan werden musste. Die Beerdigung verschob sich um ein paar Tage, weil die Leiche von der Freiburger Gerichtsmedizin noch nicht freigegeben war, aber Standesamt, Notar, Bestattungsinstitut, ein Platz auf dem Waldfriedhof, Anrufe bei der Bank, der Rentenkasse und den Versicherungen, das alles hätte ich nicht hinbekommen, weil ich schlicht nicht wusste, was zu regeln war.

Irmi hatte sich, als der Erbschein da gewesen war, zwei Vollmachten von mir unterschreiben lassen, eine für die Bank, eine für alles andere, und war dann zur Hütte gefahren, wo sie den Ordner mit Unterlagen geholt, ihn dann bei mir am Küchentisch durchgearbeitet und nach einigen Tagen erleichtert aufatmend geschlossen hatte.

Als die Leiche dann hergebracht und eingeäschert worden war, stand Irmi mit ebenso unbewegtem Gesicht wie ich am Grab und sah zu, wie die Überreste des Mannes, der ihre Schwester so unglücklich gemacht hatte, in ein Loch im Boden versanken. Sonst war da niemand, denn wir hatten keine Anzeige aufgegeben. Wir waren uns in dem Groll auf diesen Mann so einig, dass wir nicht einmal darüber nachdachten, eventuellen Freunden oder Kollegen von ihm die Chance auf einen würdigen Abschied zu geben.

Später, als ich von seinem Doppelleben wusste, glaubte ich allerdings, es wäre auch niemand gekommen. Bestimmt hatte mein Vater alle Brücken hinter sich abgebrochen, um endlich sein anderes, sein richtiges Leben zu leben, im Wald versteckt und ohne Gefahr zufälligen Besuchs von der Bevölkerung des falschen, den Leuten, die nur seine Maske kannten und schon deshalb keine wirklichen Freunde sein konnten.

Irmi wollte ich irgendwann sagen, dass mein Vater schwul gewesen war. Sie hatte ein Recht darauf. Oder vielleicht auch er.

~

Es roch schon leicht faulig süß nach Herbst, obwohl alles grün war, sich noch keine Zugvögel sammelten und die Hitze den See schlapp und lauwarm daliegen ließ. Manni hatte einen Sänger gefunden, der wie John Kay von Steppenwolf klang, und Knut hatte seine Einberufung zur Bundeswehr erhalten, als ich an einem Samstagmorgen den Briefkasten öffnete und einen Brief darin fand, auf dessen Umschlag neben der Adresse ein Smiley gezeichnet war, den ich nur halb sah, die andere Hälfte war auf der Rückseite neben Sylvies Absender. Ich riss ihn noch im Treppenhaus auf.

Lieber Simon,
du bist der Einzige, den ich damit belästigen kann, deshalb musst du jetzt mal ein bisschen Brieffreundschaft aushalten. Mit irgendjemandem muss ich reden (oder schreiben), sonst kriege ich Fieber oder die Krätze oder eine Depression. Ich weiß nicht, wie es dir damit geht, dass dein Vater homosexuell war, ob dich das in Schwierigkeiten bringt, dich unsicher macht, dir deine Identität verunklart oder so, mich bringt es leider vollständig durcheinander, dass mein Mann es war. Ich hatte eigentlich zuerst gedacht, es müsste mich erleichtern, als ich endlich verstand, wieso er zärtlich war, aber mich nicht begehrte, doch das tat es nicht. Solange er lebte, spürte ich das nur als Wut auf ihn, ich hätte ihn durchaus manchmal mit einem Eisenrohr erschlagen können, so bitter und manchmal auch hasserfüllt war ich ihm gegenüber. Aber seit seinem Tod ist es anders. Ich bin wie ausgelöscht.
Mit Logik oder klarem Verstand ist da wohl nichts zu machen. Mir ist schon klar, dass ein einzelner Mensch, der einen nicht will, noch keine Absage der ganzen männlichen Menschheit ist, aber es fühlt sich so an. Vielleicht, weil ich so verliebt in ihn war, weil ich nur ihn wollte und nur von ihm gewollt werden wollte.
Ich fürchte, das ist eine Zumutung für dich, solche suppigen, überwältigenden und allesfressenden Gefühle kann man höchstens mit einer Freundin besprechen, keinesfalls mit einem Mann, aber es ist ausgeschlossen, dass ich diese Demütigung

und diesen Zustand des Ausradiertseins einer Freundin anver-
traue, denn dann müsste ich ihr Konrads Homosexualität ge-
stehen, und das kommt nicht infrage. Niemand, der mich kennt,
darf das wissen.

Kannst du vielleicht mit irgendwas die Suppe umrühren?
Ich schwimme drin herum und ertrinke, wenn das nicht bald
aufhört.

Tut mir leid, dich damit zu behelligen, aber du bist jetzt der
einzige Verbündete, den ich in dieser Sache habe. Sei mir nicht
böse, deine Sylvie

Irgendwo musste ich noch den Füller aus der Schulzeit
haben. Ich durchsuchte alle Schubladen, aber fand ihn
nirgends. Dann suchte und fand ich wenigstens den
schönsten Kuli, den ich besaß, einen silbernen mit schwarzer Mine, und ging extra noch aus dem Haus, um im
Schreibwarenladen einen Briefblock zu kaufen.

Liebe Sylvie,
dein Vertrauen ehrt mich, und ich würde mich gern dessen wür-
dig erweisen, aber wenn du schreibst, mit Logik sei da nichts zu
machen, weiß ich nicht, womit ich dir sonst helfen könnte. Der
Löffel, mit dem ich versuchen könnte, dich aus der Suppe zu
fischen, ist zumindest mit Logik versilbert (oder auch nur ver-
chromt), einen anderen habe ich nicht im Besteckkasten. Wenn
ein schwuler Mann nicht mit einer Frau schlafen will, dann hat
das nichts mit dieser Frau zu tun, sondern nur damit, dass sie
kein Mann ist. Ein Löwe will kein Gras fressen und eine Kuh
kein Antilopenfleisch.

Könnte es denn sein, dass da eine Art innerseelisches Miss-
verständnis herrscht? Dass du dich nicht wegen des Verschmäht-
seins so ausgelöscht fühlst, sondern aus Trauer? Du hast deinen
Konrad geliebt, und jetzt ist er tot, er fehlt dir vielleicht jetzt
als Mensch und nicht mehr, wie früher, als Liebhaber. Das

ist nur ein Versuch, deinem Unglück auf die Spur zu kommen.
Du schreibst ja selbst, dass du weißt, der Rest der männlichen
Menschheit würde dich nicht verschmähen. Das kann ich be-
stätigen, und wenn du das Experiment wagen willst, versuch's
einfach mit einem davon und dann dem Nächsten und dann
dem Übernächsten. Ich bin mir sicher, die Beweise werden über-
wältigend sein. Sie träumen von dir und würden ihre Eisen-
bahn zertrümmern für eine Nacht mit dir.

   Es gefällt mir, dein Brieffreund zu sein, bitte schreib wieder,
wann immer du Lust dazu hast.

   Dein Simon

PS: Bitte erhöre nur die netten Jungs, Arschgeigen gibt es viel
zu viele, die dürfen nicht auch noch belohnt werden.

Was in den nächsten fünf Tagen passierte, weiß ich nicht
mehr, denn die Antwort, die ich mir von Sylvie erhoffte,
war alles, was mich interessierte.

Simon, bist du nicht ein bisschen altklug? Wendungen wie
»dessen würdig erweisen« und präzise Metaphern wie die mit
dem Löffel hätte ich von dir nicht erwartet. Hast du mir viel-
leicht dein richtiges Alter verschwiegen? Bist du eher dreißig
und hast ein Literaturstudium hinter dir? Oder hast du wo-
möglich einen Kumpel, der den Brief für dich geschrieben hat?
Das wäre nun nicht nett und würde von mir nicht so leicht
verziehen, aber ich tendiere eher zu der Lesart, dass du eine
alte Seele in einem jungen Körper bist.

   Danke jedenfalls. Auf irgendeine Art hat mich deine Post
getröstet. Im Spiegel ist wieder jemand, den ich erkenne, und
wenn ich auf meine Hand beim Schreiben dieses Briefes schaue,
dann kommt sie mir nicht mehr vor wie die von jemandem, der
hinter mir steht. Ob ich den Rat beherzige, als Flittchen zu
gehen, weiß ich noch nicht, aber falls ja, dann verspreche ich dir,

die netten Jungs zu bevorzugen. Solche wie dich. Alte Seelen in jungen Körpern.

Ich bin ein bisschen beschwipst, weil ich einen Weißwein aus Konrads Beständen aufgemacht habe und offenbar nicht weiß, wie viel ich vertrage. Das letzte Glas eher nicht.

Danke für deine Freundschaft und schwindlige Grüße von Sylvie

Das, was ich wirklich antworten wollte, konnte ich nicht schreiben, nämlich: Wenn du schon nach Jungs wie mir suchst, dann nimm doch gleich mich, das Original, die echte alte Seele. Das wäre zu aufdringlich gewesen. So etwas konnte ich nur denken, nicht sagen oder schreiben. Die Hoffnung, dass sie von selbst draufkommen würde, ließ ich nicht allzu laut in mir werden, denn da sie ständig auf mein Alter zu sprechen kam, war ich wohl nicht in der engeren Wahl. In gar keiner Wahl vermutlich.

Schon am nächsten Tag lag ein weiterer Brief im Kasten.

Lieber Simon,
ob es nun daran liegt, dass du eine Art Zauberer bist, oder einfach daran, dass es einem besser geht, wenn nur jemand zuhört, ich fühle mich jedenfalls auf einmal erholt, und wenn das nicht so abgeschmackt wäre, würde ich noch dazu sagen »wie neugeboren«. Jedenfalls sehr viel besser als in den letzten Wochen. So viel besser, dass ich am liebsten eine Reise machen, eine neue Wohnung suchen oder gleich ein ganz neues Leben anfangen würde. Aber so schnell geht das nicht, ich muss mir erst mal überlegen, ob ich die Apotheke weiterführe. Dann muss ich aber einen Apotheker einstellen, weil ich selbst nur Apothekenhelferin bin und alleine den Laden nicht führen darf. Oder ich verkaufe und lasse mich anstellen. Oder ich mache was ganz anderes.

Tut mir leid, dass ich dich gestern mit beschwipstem Schrift-gelalle behelligt habe, in Zukunft verspreche ich Disziplin. Ich weiß deine Brieffreundschaft sehr zu schätzen und will sie nicht mit dummem Zeug strapazieren.

Gestern in der Badewanne dachte ich über deinen Vater nach. Wenn das stimmt, was du mir geschrieben hast, dass ich Konrad als Menschen geliebt habe, jenseits der körperlichen Bedürfnisse, dann interessiert mich doch auch, was ihn an deinem Vater angezogen haben könnte, was er an ihm geliebt hat, wieso er ihn geliebt hat (jenseits der pervers-libidinösen Exerzitien natürlich, wenn du mir bitte das Wort »pervers« in diesem Zusammenhang verzeihen möchtest, aber eine kleine beleidigte Spitze hier und da muss schon noch sein). Kannst du mir was über deinen Vater erzählen?

Du hattest kein Verhältnis mehr zu ihm in den letzten Jahren, daran erinnere ich mich, das hast du auf dem Feldberg erzählt, aber vielleicht gibt es Dinge von früher, an die du dich erinnerst und die deinen Vater irgendwie beschreiben können. Wenn dir das nicht zu viel ist, schreib mir, wie er war.

Deine Sylvie

Ich holte die beiden Fotoalben meines Vaters vom Schreibtisch und legte sie vor mich auf den Esstisch. Aber ich hatte nicht den Nerv, sie dann auch noch aufzuschlagen. Aus ihnen konnte ich auch allenfalls etwas über ihn erfahren, das ich noch nicht wusste, und nicht sicher sein, ob es wirklich wahr oder nur Interpretation eines Anblicks sein würde. Wenn ich Sylvie von ihm erzählen wollte, dann musste ich in meiner eigenen Erinnerung suchen.

Ich hätte gern eine Schreibmaschine gehabt, um besser denken zu können, die getippten Sätze sähen klar aus, und die, die ich noch nicht getippt hatte, stünden klarer vor mir, als wenn ich sie mit der Hand schriebe.

Ich nahm mir vor, in der Mensa auf die Aushänge zu achten oder bei Gelegenheit über einen Flohmarkt zu schlendern.

Liebe Sylvie,
meine Erinnerung an ihn ist die eines Kindes, als junger Mann hatte ich praktisch keinen Kontakt mehr zu ihm. Er war wohl ein sehr ernster und verschlossener Mensch, ich glaube, das letzte Mal, dass ich ihn habe lachen sehen, war, als er und meine Mutter »Engele flieg« mit mir machten. Aber wenn ich darüber nachdenke, damals war ich zwei oder drei, ich kann mich also gar nicht daran erinnern. Das muss wohl von einem Foto stammen, das ich irgendwann später gesehen habe. Meine Mutter weinte oft, wenn sie sich unbeobachtet glaubte, ich bekam es mit und hatte Angst, die Welt geht unter. Ich glaube, ich war fünf, als ich verstand, wieso sie weinte. Mein Vater griff sie bei jeder Gelegenheit an. Nichts, was sie tat, war in Ordnung, der Salat zu grob geschnitten, die Nudeln zu hart, das Bücherregal nicht sauber genug abgestaubt, irgendein Satz, den sie in der Öffentlichkeit gesagt hatte, nicht klug genug. Wenn er nicht ätzte, dann schwieg er, und das war fast noch schlimmer als das Kritteln. Alles war falsch vor seinem schweigenden Gesicht. Mich behandelte er neutral und mit einer gewissen Freundlichkeit, aber ich erwiderte sie nur feige wie ein Untertan, der es nicht wagt, seine Abneigung zu zeigen.
Er war wohl auch ein Mensch, der nach Höherem strebte. Er las Geschichtsbücher und Romane, bestellte beim Buchclub Kunstbücher über Michelangelo, Paul Klee, Raffael, van Gogh, ging ins Theater und in die Oper, sogar mit meiner Mutter, die das liebte und dann immer neue Hoffnung schöpfte, es wäre ein gemeinsames, verbindendes Element in ihrer Ehe (das weiß ich von ihrer Schwester, bei der ich nach dem Tod meiner Mutter ein Jahr lang lebte), er war ein gut aussehender und kultivierter Mann, legte großen Wert auf meine Manieren, schien gut mit

den Nachbarn auszukommen und wirkte vermutlich auf andere verlässlich und bescheiden.

Ich erinnere mich, dass er gegenüber Fremden von serviler Höflichkeit war, als Kind hielt ich das für normal, später als Jugendlicher habe ich ihn dafür verachtet. Jetzt, da ich weiß, dass er schwul war, halte ich diese Unterwürfigkeit für einen Teil seiner Maske. Überanpassung. Unter dem Blick der Leute wegtauchen.

Ich bin froh, dass meine Zauberei gewirkt hat, und ich bin jederzeit bereit, sie zu wiederholen. (Den Satz hat mir der Kumpel, der die Briefe schreibt, aufgedrängt, er sagt, was Persönliches, direkt an dich gerichtet, ist immer gut)

Hast du eigentlich was von der Polizei gehört? Ich nichts. Meinst du nicht doch, dass man sie auf die eventuell richtige Spur setzen sollte?

Deine alte Seele, Simon

Ich hatte den Brief gerade gefaltet und war dabei, ihn in einen Umschlag zu schieben, als es klingelte und Astrid vor der Tür stand. Ich ließ sie herein und dachte, sie habe noch irgendetwas vergessen, das sie schnell abholen wollte, aber sie fragte mich, wie es mir gehe, bat um etwas zu trinken, nahm ein Glas Whisky an, aus einer Flasche, die von Knuts Abschiedsbesuch übrig geblieben war, und sah mich abschätzend und irgendwie erwartungsvoll an, sodass ich das Gefühl hatte, ich solle ihr was beichten.

Ich wusste nicht was und fragte sie deshalb, ob sie schon eine Wohnung gefunden habe, worauf sie mir das Wohnheimzimmer beschrieb, das sie ab ersten September beziehen konnte, und erklärte, dass sie bis dahin bei ihrer Freundin Sybille wohne, dann schwiegen wir wieder, und ich wartete darauf, dass sie gehen würde oder mir erklären, warum sie hier war.

Jetzt fiel mir auch auf, dass sie sich hübsch gemacht hatte, nicht geschminkt, das machte damals keine Frau unter vierzig, aber in ihrem Haar war eine Spange, und sie trug schwarz-weiß gestreifte Hosen und ein schwarz-weiß gepunktetes T-Shirt, von dem ich wusste, dass es teuer gewesen war, weil ich beim Kauf vor einem halben Jahr dabeigestanden hatte.

»Und? Was machst du so?«, fragte sie.

»Dasselbe wie immer. Klaviere stimmen und im Laden rumhängen«, sagte ich.

»Ich hab gehört, Manni hat seine Band beisammen.«

»Stimmt.«

»Und? Sind sie gut?«

»Ich glaube, ja, hab aber erst ein paar Proben gehört. Das klang schon gut.«

Und so ging es eine Weile weiter. Sie zog mir einen unwichtigen Wurm nach dem anderen aus der Nase, ich antwortete einsilbig und weigerte mich, sie zu fragen, ob sie nicht doch wieder mit mir zusammen sein wolle. Deswegen war sie nämlich gekommen, das begann ich jedenfalls zu glauben, als die Minuten verstrichen und ich immer mehr das Gefühl hatte, alles um mich herum werde zu Brei, in dem ich langsam, aber unaufhaltsam versank.

Als sie fragte: »Gehen wir was essen?«, und ich sagte, ich hätte keinen Hunger, stand sie endlich auf und ging zur Tür. Dort fiel ihr noch etwas ein, und jetzt wirkte sie angespannt, als müsse sie sich mühsam beherrschen, mir nicht wieder Gift und Galle vor die Füße zu spucken: »Sag mal, du hast doch jetzt die Hütte. Könnte ich da vielleicht ein paar Tage hin, um für die Klausur zu lernen?«

»Klar«, sagte ich und holte den Schlüssel. Sie gab mir einen flüchtigen Wangenkuss und verschwand die Treppe hinunter, und jetzt wirkte sie nicht mehr angespannt. Also hatte ihr ganzer Besuch wohl nur dem Hüttenschlüssel gegolten, nicht unserer Wiedervereinigung. Noch auf der Treppe versprach sie, den Schlüssel am Donnerstag wiederzubringen, und ich sagte, sie könne ihn in den Briefkasten werfen, falls ich nicht da sei.

Ich wartete am Fenster, bis sie in ihr Auto gestiegen und weggefahren war, dann ging ich zur Post, wo ich gleich zehn Briefmarken kaufte, eine davon klebte ich auf den Brief an Sylvie und warf ihn ein.

~

Erst nachdem der Brief im Kasten verschwunden war, fiel mir ein, dass ich vergessen hatte, den Beruf meines Vaters zu erwähnen. Vielleicht kannte sie ihn ja schon von Konrads Geständnis, vielleicht interessierte es sie auch nicht, und falls doch, dann konnte sie ja noch nachfragen. Ich begriff, dass mir mein Vater nur als Vater einigermaßen bekannt gewesen war, den Menschen, den Arbeitenden, Berufstätigen, Erwachsenen hatte ich als Kind nicht sehen können und als junger Mann ignoriert.

Ich konnte mir nicht einmal seine Arbeit richtig vorstellen. Was tut ein Beamter beim Schulamt? Irgendwas beaufsichtigen, ablehnen, genehmigen, Papier hin- und herschieben und dies und jenes unterschreiben? Wenn ich ihn damals danach gefragt hatte, abends, als ich ihm entgegengelaufen war, um seine abgeschabte lederne Aktentasche die letzten hundert Meter bis zu unserem Haus zu tragen, waren seine Antworten für mich immer unverständlich gewesen. »Ich passe auf, dass alles seinen rechten Gang geht«, hatte er zum Beispiel gesagt, oder auch: »Wenn eine Schule eine neue Turnhalle braucht, dann sorge ich dafür.«

Als er vorzeitig in Rente ging, stand ein Artikel in der Zeitung, aber ich las ihn nicht, ich nahm ihn nur wahr und legte das Blatt beiseite, nachdem ich das Bild meines Vaters erkannt hatte.

Ich erinnere mich, dass ich mich dabei selbst unglaubwürdig und pathetisch fand, es war wie in den amerikanischen Filmen, wenn die flüchtigen Verbrecher ihren Fahndungsaufruf im Radio oder im Fernsehen mitbekommen und sofort abschalten, als wäre das das Letzte, was sie interessiert. Ich glaubte damals, das schulde ich meiner Mutter, denn irgendwie hatte er sie ja umgebracht – diesem Mann stand meine Aufmerksamkeit nicht mehr zu.

~

Am Donnerstag lag der Schlüssel in meinem Briefkasten, Astrid hatte Wort gehalten. Das war eher ungewöhnlich, denn ich hatte mich bei ihr daran gewöhnt zu warten, nachzufragen, sie an irgendwas zu erinnern oder ihr irgendwas hinterherzutragen. Ich war noch aus einem anderen Grund überrascht, den Schlüssel schon wieder zurückzubekommen – ich hatte Astrid am Dienstagnachmittag und Mittwochabend gesehen, einmal am See mit einer Clique von übellaunigen und heftig diskutierenden Studenten und das andere Mal am Bahnhof, wo ich sie fast nicht erkannt hätte, denn sie trug schwarze Jeans, einen Parka und ein Palästinensertuch, sie war völlig verwandelt durch diesen neuen Kleidungsstil. Beide Male hatte sie mich nicht gesehen und ich kein Interesse daran gehabt, sie anzusprechen, aber ich ging davon aus, dass sie ihren Aufenthalt in der Hütte aufgeschoben hatte und ich dem Schlüssel wie gewohnt hinterherrennen musste. Leider lag kein Brief im Kasten. Der kam erst am Freitag.

Liebe alte Seele,

du hast dir Mühe gegeben, das sehe ich, aber ein Bild von deinem Vater stellt sich so nicht bei mir ein. Hast du vielleicht Fotos von ihm? Dürfte ich die mal ansehen? Ich bin total fixiert auf den Gedanken, dass ich mir eine Vorstellung von Konrads Geliebtem machen muss.

Und sollen wir in der nächsten Zeit vielleicht mal nach Freiburg fahren und dort die Polizei nach ihren Ermittlungen fragen? Ich fürchte ja, die haben gar nichts. Nur im Kino und in Büchern werden Morde ohne Zeugen und ohne Spuren aufgeklärt. Könntest du am Mittwoch? Wenn wir um zwölf losfahren, sind wir vielleicht um drei oder so dort. Ich könnte auch früher, aber ich denke, du wirst im Laden freinehmen müssen, und dir ist deshalb ein halber Tag lieber.

Ist der Typ, der deine Briefe schreibt, eigentlich in einem satisfaktionsfähigen Alter? Und falls ja, könntest du mir den dann mal vorstellen? Mir scheint, er kennt sich in der Frauenseele aus. Mit satisfaktionsfähigem Alter meine ich natürlich etwas, das eher meinen dreißig entspricht als deinen zarten zweiundzwanzig.

Weißt du was? Bei deiner Erwähnung von »Engele flieg« und dem Satz, »ich hatte Angst, die Welt geht unter«, musste ich mir eine Träne abwischen. Auch wenn ich über deinen Vater nicht so viel erfahren habe, wie ich wollte, über dich habe ich immerhin was erfahren. Und das gefällt mir, muss ich zugeben. Bleib so.

Dein eventuelles Flittchen Sylvie (also nicht deines jetzt so genau in dem Sinn, nur »deines«, wenn du bitte verstehen möchtest, wie ich's meine)

Ich schrieb ihr nur ein paar Zeilen als Antwort, die Adresse des Ladens, dessen Telefonnummer und die Zeit, zu der sie mich dort am Mittwoch abholen sollte, und überlegte, was sie wohl mit eventuellem Flittchen gemeint haben könnte. Dass sie das Experiment jetzt angehen wollte? Ein paar Männer aufreißen, um sich ihre Attraktivität bestätigen zu lassen? Es war keine angenehme Vorstellung, die ich da vor Augen hatte, denn in Wirklichkeit konnte ich mir für sie nur falsche Kerle vorstellen. Der einzige richtige wäre ich.

Am Nachmittag rief Knut an aus Stetten am kalten Markt, wo er stationiert war, fragte nach Mannis Band, wie es denn überhaupt allgemein so laufe, ob ich ihm seine King Crimson Platten abkaufen wolle und ob sein Nachfolger bei den Blasinstrumenten schon angefangen habe. Ich antwortete einsilbig oder zumindest kurz angebunden, weil ich spürte, dass er todunglücklich und vielleicht krank vor Heimweh war, unbedingt eine vertraute Stimme hören wollte und der Inhalt des Gesprochenen keine Rolle spielte. Ich hätte ihm gern den Gefallen getan, einfach so draufloszuplaudern, aber ich konnte es nicht. Text, auf den es nicht ankommt, kriege ich auch heute noch nur in Ausnahmefällen über die Lippen.

Er tat mir leid. Seine Entscheidung, zum Bund zu gehen, hatte ihn isoliert. Vermutlich war ich noch der Einzige, mit dem er darüber reden konnte. Manni hatte nur ein Schnauben der Verachtung übrig gehabt für den Lastwagenführerschein, den Knut als Argument angeführt hatte, den Sold und die besseren Berufsaussichten, und so wie Manni hatten wohl alle von Knuts Bekannten reagiert. In unseren Kreisen war es selbstverständlich zu verweigern, Pazifist zu sein, die Bundeswehr als einen Haufen von Nazis anzusehen, und nur die allersimpelsten Gemüter vom Land wussten das nicht. Es war Mode, sich als Außenseiter zu empfinden, den Staat, die Industrie, Amerika (außer den Musikern) zu hassen, alle Argumente gegen den Kommunismus für rechte Propaganda zu halten und Leute wie Castro für Helden.

Vor Manni hatte ich es nicht gewagt zuzugeben, dass ich Knuts Entscheidung gar nicht so dumm fand, sondern irgendwann, als wir beide allein waren, meine Billigung signalisiert, und war wohl deshalb jetzt Knuts einziger Verbündeter. Als Herr Berner, unser Chef, schon zum dritten Mal zu mir hersah, machte ich Schluss mit dem Telefonat, denn er schätzte es nicht, wenn wir im Laden Privatgespräche führten.

~

»Könnten wir an der Hütte vorbeifahren?«, fragte Sylvie, als sie mich am Mittwochmittag im Laden abholte, »ich suche ein Feuerzeug, das ich Konrad geschenkt habe. Ein goldenes. Das will ich behalten.«

»Dann muss ich noch mal bei mir vorbei und den Schlüssel holen«, sagte ich, und wir ließen den Käfer stehen, weil es bis zu mir nur ein paar Minuten Fußweg waren.

»Willst du was trinken?«, fragte ich sie, als wir oben in meiner kleinen Wohnung standen, und sie antwortete: »Nein, aber das Gegenteil.«

»Was?«

»Aufs Klo.«

Als sie herauskam, deutete sie auf die Stirnwand im Flur: »Da gehört ein Bild hin.«

»Da war ein Bild.«

»Aua. Hab ich was Falsches gesagt?«

»Nein.«

»Wie heißt sie?«

»Astrid.«

»Und was für ein Bild hing da, bis Astrid das Weite gesucht hat?«

»Eine Frau von Rossetti, die dir ähnlich sieht.«

Sie lächelte und schwieg.

»Wie kommst du eigentlich auf ein Wort wie satisfaktionsfähig?«, fragte ich. »Das ist doch eher Bubenstoff.«

»Weiß nicht«, sagte sie, »vielleicht aus dem *Graf von Monte Christo* oder aus dem *Radetzkymarsch*, keine Ahnung.«

Inzwischen waren wir unten auf der Straße angekommen, und ich schlug vor, die Schaukel zu nehmen. Sylvie überlegte kurz, warf einen Blick in ihre Tasche und stimmte zu. »Darf ich fahren?«, fragte sie, und ich gab ihr den Schlüssel.

Ich dirigierte sie aus der Stadt, und wir fuhren schweigend, bis sie irgendwann den Kopf zu mir herdrehte und sagte: »Man muss nicht immer quasseln.«

»War das jetzt ironisch?«

»Nein, ernst gemeint.«

»Ich weiß, dass ich ein Langweiler bin.«

»Unterhaltung ist nicht alles.«

»Danke«, sagte ich, »falls das jetzt als Kompliment gedacht war.«

»War es«, sagte sie.

Sie schaltete das Radio ein und klappte ihre Sonnenblende herunter. Irgendwann hielt sie Zeige- und Mittelfinger ihrer rechten Hand hoch, und ich dachte zuerst, sie mache ein Victory-Zeichen, bis ich begriff, dass das eine Aufforderung war, ihr eine Zigarette aus der Tasche zu holen. Ich tat es, zündete sie an und gab sie ihr, sie bedankte sich mit einem Lächeln und schaltete das Radio wieder aus, weil ein Stück von Suzi Quatro lief.

»Wie lässt sich das Flittchengeschäft an?«, fragte ich und hoffte, es klinge so beiläufig, wie ich beabsichtigte – sie sollte auf keinen Fall merken, dass mich der Gedanke umtrieb.

»Ich übe«, sagte sie mit einem Lächeln, »das muss noch besser gehen.«

~

Der Kommissar in Freiburg versuchte, seriös und effizient zu wirken, aber es war schnell klar, dass sie nichts in der Hand hatten. Wie ein Mantra wiederholte er den Satz: »Wir ermitteln in alle Richtungen«, er sagte ihn dreimal in der knappen Viertelstunde, die wir in seinem kargen Büro verbrachten.

Als wir wieder draußen standen und uns umsahen, zuckte Sylvie mit den Schultern und sagte: »Das können wir vergessen.«

Dass wir selbst vielleicht eine Mitschuld an der Ergebnislosigkeit trugen, weil wir das Verhältnis der beiden verschwiegen, erwähnte ich nicht. Sie wollte nicht, und ich hielt mich daran.

»Das ist auch ein Scheißberuf«, sagte Sylvie und nahm meine Hand, »versprich mir, dass du nicht Mordkommissar wirst.«

Ich versprach es.

Aus dem Gebäude hinter uns strömten Polizisten mit Schlagstöcken, Helmen und verschlossenen Gesichtern, es wurden immer mehr, das war eine kleine Armee, die jetzt in die grünen Minnas kletterte, die in diesem Moment nacheinander vorfuhren und, sobald sie voll besetzt waren, in Richtung des kleinen Flüsschens, das wir bei der Herfahrt gesehen hatten, abzogen.

»Das sieht ungemütlich aus«, sagte Sylvie.

»Straßenschlacht«, sagte ich.

Und tatsächlich sahen wir auf dem Weg zurück zum Auto Grüppchen mit Fahnen und Transparenten, die allerdings noch nicht ausgefaltet waren, auf dem Weg in dieselbe Richtung. Sie wirkten fröhlich und aufgeregt, es sah so aus, als freuten sie sich auf die Schlägerei, auf die sich die Polizei vorbereitet hatte. Eines der Transparente fiel seinem Träger, als er stolperte, aus der Hand, und ich konnte die Aufschrift *Wyhl verhindern!* lesen, als er es auf dem Boden neu zusammenrollte.

~

Auf der Fahrt durchs Höllental fragte sie wieder nach Fotos von meinem Vater, und ich erklärte ihr, dass ich zwei Alben hätte, die sie gern ausleihen könne. Mir gefiel der Gedanke, dass sie die dann wieder zurückbringen musste oder ich sie in Lindau abholen konnte, denn ich nahm an, unser Verhältnis würde flüchtig sein. Spätestens wenn sie den Tod ihres Mannes irgendwie verarbeitet hätte, wäre sie nicht mehr an mir interessiert.

Sie erzählte mir, ein Konkurrent wolle ihr die Apotheke abkaufen und sie neige zur Annahme seines Angebots. Es sei zu verlockend. Sie könne sich einfach nicht vorstellen, ihr Leben so geradeaus weiterzuleben, nachdem Konrad nicht mehr da sei, mit dem sie dieses Leben aufgebaut und geteilt habe. Irgendein Schnitt müsse sein. Sie müsse neu anfangen und sich neu erfinden. Die Sylvie, die sie gewesen sei, könne sie nicht bleiben.

»Und was willst du machen?«, fragte ich.

»Erst mal das Geld verpulvern und dann was Richtiges lernen oder so«, sagte sie. Es klang nicht ernst, es klang, als verspotte sie sich selbst, weil sie nicht wusste, ob ihre Gedanken kindisch waren.

»Und wie das Geld verpulvern?«

»Eine Weltreise vielleicht.«

»Das ganze Unglück der Menschen rührt daher, dass

sie nicht ruhig in ihrem Zimmer bleiben können«, sagte ich, »hat irgendwer mal behauptet.«

»Blaise Pascal war das.«

»Wieso weißt du das?«

»Keine Ahnung. *Mein* Unglück rührt jedenfalls momentan von ganz was anderem her.«

»Schreibst du mir, wenn du in Indien bist oder in Australien oder wo es dich überallhin verschlagen wird?«

»Ja.«

~

Vor der Hütte waren Reifenspuren im Gras. Irgendjemand musste durch den Wald und über die Lichtung bis zum Eingang gefahren sein. Vielleicht die Polizei bei einer neuerlichen Tatortbesichtigung. Oder war Astrid doch hergekommen? Aber sie würde ihrem geliebten Simca nicht die Wurzeln und Steine zumuten, über die man bis hierher holpern musste. Und sie hätte nur ein paar Stunden Zeit gehabt, dafür wäre sie nicht extra hochgefahren.

In der Hütte sah es aus wie nach einer Schülerparty. Überall Zigarettenkippen auf dem Boden, die meisten filterlos, geöffnete Raviolidosen auf dem Tisch, gelesene und durcheinandergeworfene Zeitungen, benutztes Geschirr und leere Bier- und Weinflaschen, die Schranktüren geöffnet, die Schränke leer bis auf ein einzelnes kariertes Jackett, das den Räubern wohl nicht gut genug gewesen war – es war ein niederschmetternder Anblick.

»Ich fürchte, das Feuerzeug wirst du nicht mehr finden«, sagte ich.

Wir untersuchten Fenster und Tür und fanden nirgendwo Kratzer oder irgendwelche anderen Spuren von

Gewaltanwendung. Diese Leute wussten, wie man mit dem Dietrich umging.

»Wie lang die wohl da waren?«, fragte Sylvie.

»Nicht nur ein paar Stunden«, sagte ich, »das sieht mir eher nach ein paar Tagen aus.«

»Scheiße«, sagte sie.

»Lass uns gehen«, schlug ich vor, und sie sah mich an, als zweifle sie an meinem Verstand.

»Das ist *dein* Haus. Das kannst du doch nicht in dem Zustand zurücklassen«, sagte sie und fing an, das Geschirr zu stapeln und auf die Spüle zu stellen. Ich beteiligte mich, schloss die Schranktüren, sammelte die Zeitungen und Kippen ein, stopfte alles in alte Plastiktüten, die fein säuberlich gefaltet in einer Schublade im Keller lagen.

Nachdem wir abgespült und gefegt hatten, wollte Sylvie eigentlich noch nass wischen, aber ich hielt sie davon ab, und wir schlossen die Fensterläden, drehten den zentralen Wasserhahn und die Propangasflasche zu und gingen zum Auto.

Ohne zu fragen, setzte sie sich wieder ans Steuer, und wir fuhren schweigend, bis ich sagte: »Kann dein Apotheker nicht auch noch die Hütte kaufen?«

Sie antwortete nicht. Das war keine Frage gewesen. Es gefiel mir, dass sie den Unterschied zwischen einer rhetorischen und einer richtigen Frage respektierte.

Irgendwann, viel später, als wir den Schwarzwald schon wieder hinter uns gelassen hatten, sagte ich: »Ich hab eine Theorie, wer das in der Hütte war.«

»Und wer?«

»Ich habe Astrid vor ein paar Tagen den Schlüssel gegeben, weil sie behauptet hat, sie wolle in Ruhe lernen, aber ich hab sie an den beiden nächsten Tagen in der Stadt gesehen, und am dritten war der Schlüssel schon wieder im Briefkasten. Die hat den nur gebraucht, um die Typen reinzulassen.«

»Und das nur für eine Party?«

»Vielleicht war's ja ein Versteck?«

Sie sah mich skeptisch an. Dann schüttelte sie den Kopf und sah wieder nach vorn.

»Was?«, fragte ich.

»Ich glaube, du wärst gern an der echten großen Weltgeschichte beteiligt und phantasierst dir deshalb die RAF in die Hütte. Die verstecken sich doch in anonymen Stadtwohnungen. Das hier war eine Party. Und deine Astrid wollte sich damit ein bisschen an dir rächen.«

»Wenn du meinst.«

»Willst du die Hütte wirklich verkaufen?«

»Ja.«

~

Die Mensa war schon geschlossen, als wir in Konstanz ankamen. Ich aß dort immer, wenn ich in der Gegend war, man nahm mir den Studenten ab, und niemand wollte einen Ausweis sehen. Ich weiß nicht, wieso ich mit Sylvie unbedingt hierher wollte, aber ich wollte es, war sogar enttäuscht, als wir die letzten herausströmenden Studenten und im Hintergrund die Geschirrwagen der abräumenden Angestellten sahen. Wir stiegen wieder ins Auto und fuhren zu einem Griechen. Sylvie bestellte Retsina zu ihren Souvlaki und ich dasselbe, aber nach dem ersten Schluck war mir klar, dass ich das geharzte Zeug nicht trinken konnte. Es schmeckte grauenhaft.

»Du kannst meinen Wein auch noch haben«, sagte ich.

»Geht nicht«, sagte sie, »ich muss noch fahren.«

»Du kannst auch bei mir übernachten«, schlug ich vor, und sie lächelte mich breit an, schüttelte den Kopf und legte ihre Hand für einen Moment auf meine: »Ist das ein Anbahnungsversuch?«

»Je nachdem«, sagte ich, »kommt drauf an, auf wie viel Gegenliebe er bei dir stößt.«

Sie nahm ihre Hand wieder weg: »Du musst dir das aus dem Kopf schlagen. Das wird nichts mit uns. Du bist ein Kind, das ist ausgeschlossen.«

»So ein Quatsch«, sagte ich und wusste nicht, ob ich beleidigt sein oder mich über ihre Direktheit und Unkompliziertheit freuen sollte, »wir haben doch die sexuelle Revolution. Da ist doch so ein kleiner Altersunterschied kein Thema mehr.«

Sie lachte laut, und ein paar Gäste sahen zu uns her. »Ich hab keine sexuelle Revolution«, sagte sie leise, damit es die Gaffer nicht hören würden, »und mit dir würde ich schon deshalb nichts anfangen, weil ich dich nicht verlieren will.«

Ich schwieg. Das war eine Liebeserklärung, wenn auch nur platonisch, und ich musste schlucken, weil ich für einen Augenblick so glücklich darüber war, dass ich mein frustriertes Schmollen nicht mehr fortführen konnte.

~

Als wir zu meiner Wohnung gingen, um die Fotoalben zu holen, hakte sie sich bei mir unter, und ich hätte am liebsten einen Umweg gemacht, so gut tat es mir, ihren Körper und ihren Puls zu spüren. Das glaubte ich jedenfalls. Ob ich den Puls wirklich spürte oder nur auf die Oberfläche meines Arms phantasierte, weiß ich nicht.

Nachdem ich sie bis zu ihrem Käfer begleitet hatte, legte sie die Alben auf den Beifahrersitz, schlug die Tür kräftig zu, weil sie nicht mehr richtig schloss, und küsste mich kurz auf den Mund.

»Geh mir nicht verloren«, sagte sie und sah in meine Augen, »mach Revolution mit wem auch immer, aber geh mir nicht verloren.«

Ich nickte nur, ich wusste nicht, was ich darauf sagen sollte. Sie stieg ein, und ich schaute ihr nach, wie sie laut und zügig zum Ende der Straße fuhr und dann nach links und aus meinem Blickfeld.

Ich machte einen Umweg über den Hafen und sah Astrid aus einer Telefonzelle treten und in einen hellgrauen BMW einsteigen. Die Telefonzellen waren damals gelb und rundlich und ein BMW eine Seltenheit. Dieses Auto bekam man eher in französischen Filmen zu sehen als auf deutschen Straßen. Astrid sah ich danach nie mehr. Ich schaute immer wieder in den nächsten Jahren auf die überall aushängenden Fahndungsplakate, aber darauf tauchte sie nicht auf. Natürlich konnte sie einfach die Stadt gewechselt haben und woanders weiterstudieren, aber ich sah sie, je mehr die RAF ins Blickfeld der Öffentlichkeit rückte, vor meinem inneren Auge in palästinensischen Trainingslagern, konspirativen Wohnungen und mit Typen, die in den Kleidern meines Vaters und seines Liebhabers Banken überfielen.

~

Vier Tage später kam Sylvies nächster Brief. Ich hatte unterdessen versucht, eine bezahlbare Schreibmaschine zu finden und das Plakat von Rossetti wieder aufzutreiben, aber auf den Aushängen an der Uni schien es nur noch Mitfahrgelegenheiten und Wohngemeinschaftsangebote zu geben, und in den beiden Postershops der Stadt fand ich außer den notorischen Che Guevara, Hendrix und Zappa nur Kunst von Dalí, M. C. Escher, Roger Dean und Fotos von San Francisco und New York. Ich hängte schließlich das Plakat von Mannis Band auf. Es war wie *Deja Vu* von Crosby, Stills, Nash & Young braun getönt und zeigte die Band in Anzügen vor einer Betonwand an der Uni.

Lieber Simon,

ich habe zwar behauptet, du seist noch ein Kind, aber ich weiß schon, dass das nicht wahr ist – du bist ein Mann, und als solchen brauche ich dich jetzt mal bitte. Kannst du mir vielleicht deine Geschlechtsgenossen erklären? Ich versuche nämlich inzwischen, deinem Rat zu folgen, und experimentiere halbwegs fleißig mit der Flittchenoption, ich gebe mir auch Mühe, nur die netten Jungs abzuschleppen, aber es ist wie verhext: Sie sind so lange nett und sprühend und charmant, bis wir im Bett landen, und dann werden sie zum Karnickel. Und wenn sie kurz darauf ihr Ding wieder herausgezogen haben, werden sie zu gar nichts. Ein Garnichts zieht sich an, latscht ins Klo, pinkelt die ganze Umgebung voll und schweigt dann entweder stumpf vor sich hin oder verzieht sich in Windeseile, weil noch was ganz Wichtiges ansteht. Ist das vielleicht die postkoitale Traurigkeit, von der man immer wieder mal hört? Bist du auch so? Muss man das vielleicht hinnehmen oder gar verstehen? Ich finde es, ehrlich gesagt, zum Kotzen und verliere bald die Lust an der ganzen Sache. Wenn das so weitergeht, seh ich schwarz für meine sexuelle Revolution, die bis jetzt sowieso nur ein kleines libidinöses Murren ist. Aber da wird nichts Größeres mehr draus, wenn das alles sein sollte.

Einen Vorteil hat es immerhin: Wenn sie damit beschäftigt sind, mein Badezimmer zu markieren und sich hinterher schnell wieder in ihre verschwitzten Klamotten zu schmeißen, kann ich wenigstens ungestört für den unterbliebenen Orgasmus sorgen, für den sich die Herren selbstverständlich nicht interessiert haben. Also nicht für meinen.

Falls mein Tonfall zu sauer sein sollte, bitte nimm das nicht persönlich. Gegen dich geht das nicht. Selbst wenn du auch so wärst, bei dir würde ich versuchen zu verstehen, warum das so ist, bei diesen bisher ausprobierten Jungs und Herren und Männchen, oder wie ich sie nennen soll, macht es mich nur krank.

Es grüßt dich rätselnd und nicht allerbester Laune, dein Volontärflittchen

Ihr Brief war diesmal mit Schreibmaschine geschrieben, vielleicht hatte sie ihn nach der Mittagspause im Laden getippt oder sich von dort eine ausgediente Maschine nach Hause geholt. Die Vorstellung, dass ihr Ärger sich direkt nach einem Stelldichein in der Mittagspause in diesen Brief entladen hatte, machte das Ganze noch aufwühlender, als es der Text ohnehin schon tat. Und wenn sie die Schreibmaschine zu Hause hatte, dann war sie vielleicht nackt am Tisch gesessen und hatte ihren Frust in die Tasten gehackt. Das Bild vor meinem inneren Auge war halb abstoßend und halb erregend. Die Pinkelgeräusche aus dem Badezimmer waren das Letzte, und die Vorstellung, wie sie sich selber zum Orgasmus brachte, das Höchste. Auf einmal leuchtete mir ihr Satz »Du bist zu jung« ein. Für solche Briefe war ich vielleicht tatsächlich zu jung. Sie brachten meine Körperchemie in Unordnung.

Liebes Volontärflittchen,
bist du dir sicher, dass das, was du da geschrieben hast, wirklich für meine Augen bestimmt war? Hast du eine Ahnung, was die Vorstellung, die ich mir jetzt mache, bei mir anrichtet? Nicht dass ich dir verwehren will, in Zukunft weiterhin solche Themen anzureißen, und nicht dass du denkst, an dieser Vorstellung sei mir irgendwas unangenehm – das Gegenteil ist der

Fall –, aber wenn du mich zu jung findest, um deine Übungen mit mir zu absolvieren, dann müsstest du mich doch eigentlich auch zu jung finden, um deren Scheitern so detailreich mit mir zu besprechen.

Aber jetzt mal im Ernst: Das sind nicht die netten Jungs. Du fällst vermutlich auf Blender rein, die wissen, wie man eine Frau abschleppt, aber dann nicht mehr weiter, außer dem Karnickelprogramm. Ich weiß nicht, ob ich selber besser wäre, was das betrifft, ich bin vielleicht noch sehr unerfahren, aber ich würde mir Anleitung von dir wünschen, Ansagen, was dir guttut, kleine Zeichen, hilfreiches Steuern, ich würde nicht wollen, dass du dich raushältst bei der Sache und ich nachher alles falsch gemacht hätte.

Die netten Jungs würden auf dich achten. Und sie wären hinterher berauscht und vielleicht schüchtern, aber nicht gar nichts. Sie würden wissen wollen, ob es dir gut geht, ob du zufrieden bist, ob du sie noch magst, ob sie wiederkommen dürfen, ob sie in deinem Arm einschlafen dürfen, oder ob du in ihrem Arm einschlafen möchtest. Sie würden fragen, ob sie dir einen Tee machen oder ein Bier aus dem Kühlschrank holen sollen, sie würden dir eine Zigarette anzünden, eine Geschichte erzählen, dich nach Geschwistern fragen …

Übrigens: Hast du Geschwister? Leben deine Eltern noch? Wie und wo bist du aufgewachsen? Ich weiß so wenig von dir.

Bitte lass bald wieder von dir hören. Dein nutzlos netter Junge

Es war Nacht und kühl und neblig, als ich den Brief zur Post brachte. Ich war nach der Arbeit noch im Proberaum gewesen und hatte Sinkin Ship, so hieß Mannis Band jetzt, zugehört. Sie waren gut, klangen ein bisschen wie Thin Lizzy oder ZZ Top, altmodisch, aber mitreißend, und probten für ihren ersten Auftritt am übernächsten Wochenende bei einem Stadtfest der DKP.

Als ich wieder zu Hause war, konnte ich nicht schlafen, weil sich die Bilder von Sylvie in meinem Kopf überlagerten mit einem Redeschwall, in dem ich ihr erklärte, dass ich von ihr besessen sei, dass ich noch nie so für eine Frau empfunden hätte, dass ich alles stehen und liegen lassen würde für sie, wenn sie mich nur auf ihre Weltreise mitnähme, dass ich mir ein Leben ohne sie nicht vorstellen könne und täte, was sie von mir verlange, wenn sie mich nur in ihr Experiment mit einbezöge. Zum Glück hatte ich das nicht geschrieben.

Irgendwann war ich dann doch müde genug. Nicht ohne vorher für zwei relativ dicht aufeinanderfolgende Orgasmen gesorgt zu haben. Kurz bevor ich einschlief, war ich mir sicher, dass ich von ihr träumen würde.

~

Schon am Abend darauf lag der nächste Brief im Kasten. Diesmal wieder von Hand geschrieben und ohne Anrede.

Dein Vater sieht aus wie ein feiner, sensibler und kluger Mensch. Ich habe die halbe Nacht mit ihm verbracht und tatsächlich so etwas wie eine Vorstellung von ihm gewonnen. In Uniform als junger Mann sieht er aus wie du, wenn man sich deine langen Haare wegdenkt. Die Familienbilder mit dir und deiner Mutter sind herzzerreißend, deine Mutter ist schön, und du bist ein glückliches Kind. Und dann bricht das Ganze auf einmal ab, und es gibt noch ein paar steife, offizielle Fotos von deinem Vater mit Kollegen auf einem Betriebsausflug oder einer Tagung, und da verschwindet er fast immer in der Menge. Ich musste manchmal richtig suchen, um ihn zu finden. Es sieht wirklich so aus, als würde er sich verstecken, weil er anders ist und glaubt, die Kamera könne das aufdecken.

Ein Bild aus seiner Kindheit erschüttert mich nachgerade. Da sind er und ein zweiter kleiner Junge, sie sind vielleicht sechs oder sieben, beide mit nacktem Oberkörper irgendwo im Freien, auf einer Wiese oder in einem Garten, und sie spielen Ziegenbock, stoßen ihre imaginären Hörner aneinander. Dieses Bild ist so zärtlich und fröhlich, dass ich bei seinem Anblick um deinen Vater weinen musste. Dabei kannte ich ihn doch überhaupt nicht. Seltsam ist das. Sehr seltsam. Sylvie

Ich war am Nachmittag auf dem Weg zur Villa eines Professors bei der Bank vorbeigegangen, um die Stromrechnung zu bezahlen, und hatte dabei entdeckt, dass auf meinem Konto vierundsiebzigtausend Mark lagen. Ich hatte nicht damit gerechnet, dass ich außer der Hütte etwas erben würde, hatte geglaubt, mein Vater lebe nur von seiner Rente, und nicht bedacht, dass er zeitlebens ein Geizhals gewesen war und einiges zusammengespart haben *musste*. Ich war wie vor den Kopf geschlagen und wusste nicht, was dieser unerwartete Reichtum mit mir zu tun hatte. Es fühlte sich anfangs an wie gestohlen, und erst nach und nach begriff ich, dass dieses viele Geld mein Geld war und ich mir sofort eine Schreibmaschine kaufen konnte. Ganz normal im Laden – ich musste nicht auf den nächsten Flohmarkt warten oder die Aushänge an der Uni studieren, bis endlich mal eine Studentin ihre letzte Arbeit geschrieben hätte und klamm genug wäre, um ihre Sachen versilbern zu müssen.

~

Als ich mit einer kleinen elektrischen Reiseschreibmaschine und einem Packen Papier unterm Arm aus dem Laden kam, empfand ich so etwas wie Dankbarkeit meinem Vater gegenüber. Zu seinem nachträglich erworbenen Glorienschein des Außenseiters kam jetzt auch noch Güte hinzu, die ich ihm selbstverständlich nur andichtete, aber im Nachhinein verdiente er diesen freundlicheren Blick. Er hatte mir viel Geld geschenkt.

Dass er das zu Lebzeiten nie getan hätte, war mir egal. Er hatte es posthum getan. Also verschönerte sich auch mein Bild von ihm posthum.

Ich antwortete noch nicht auf Sylvies Brief, sondern wartete ihre Antwort auf meinen ab, und bis dahin würde ich das Schreiben mit der Maschine in einer Art Sechs-Finger-System üben.

~

In der Villa war ich allein gewesen mit der Tochter des Hauses, die mir mürrisch und geistesabwesend im Bademantel die Tür öffnete, aber später dann doch einen Kaffee anbot und sich für die Temperierung interessierte. Sie war diejenige, die das Klavier spielte, ein solides schwäbisches von Scheck und Sohn, und ich bekam Lust, sie zu verblüffen, und klimperte zwischenrein ganz beiläufig ein paar Takte aus einem Prélude von Chopin. Sie staunte. Leute, die wenig davon verstehen, halten mein Spiel für virtuos.

Während der anderthalb Stunden, die ich brauchte, zog sich das Mädchen nicht an, sie lief im Bademantel herum, als wäre ich ein Dienstbote, dem gegenüber man keine Kleidungsregeln zu beachten hatte, oder als experimentiere sie wie Sylvie mit ihrer Anziehungskraft. Mir war es egal, denn ich war in Gedanken bei Sylvie und von einer unreifen vielleicht Zwanzigjährigen nicht aus der Bahn zu werfen. Als ich meinen Stimmhammer und die Filze einpackte, spielte sie selbst etwas aus dem

Prélude, und ich stellte fest, dass sie ziemlich gut war. Also verstand sie was davon. Das war mir aber auch egal.

~

Seit Manni sich so intensiv in sein Bandprojekt gestürzt hatte, waren unsere Abende am Ufer selten geworden. Er probte entweder oder war unterwegs, aber an diesem Samstag schlug er mir vor, sich wieder mal zu treffen. Sylvies Antwort konnte noch nicht da sein, und mit der Schreibmaschine üben konnte ich auch den Sonntag über, also fuhren wir gleich nach Ladenschluss zuerst nach Kreuzlingen, um Zigaretten für Manni und Tabak für mich einzukaufen, und dann zurück, gingen in eines der Cafés, die noch Stühle draußen hatten, aßen abends einen Hamburger an einer Imbissbude und setzten uns danach mit einem Sixpack für Manni und einer Flasche Wein für mich ans Ufer.

Und wie von uns bestellt kam Knut, näherte sich scheu und ließ sich stoisch von Manni wegen seines Aussehens verspotten. Tatsächlich war er nicht wiederzuerkennen mit den ultrakurzen Haaren, die so gar nicht zu den gammeligen Klamotten passten, in die er sich sofort wieder geworfen hatte.

»Und? Wie ist es?«, fragte Manni.

»Grauenhaft«, sagte Knut zu seinen Knien, nachdem er die Weinflasche abgesetzt hatte, »der Spieß brüllt dich die ganze Zeit an, die Kameraden sind Hohlköpfe, und du sollst dauernd rennen. Wenn du normal gehst, steigt das Gebrüll um zehn Dezibel an.«

»Kameraden«, sagte Manni in abfälligem Ton.

»So heißt das«, sagte Knut, »Kollegen wäre falsch.«

»Das sind alles Maschinenteile, und du sollst auch eines

werden«, sagte Manni, und sein Ton klang noch immer so, als wolle er Knut von dessen Entscheidung abhalten.

»Genau. Das ist der Plan«, sagte Knut und ignorierte den Ton.

»Meinst du, du hältst es durch?«, fragte ich.

»Mein Bruder sagt, nach der Grundausbildung geht's. Drei Monate lang ist es grausig, das muss ich aushalten, dann wird's besser.«

»Wenn du desertieren willst, hab ich ein Versteck für dich«, sagte ich und wusste nicht, wieso ich davon anfing, »mein Vater hat mir eine Hütte im Schwarzwald vererbt.«

»Ja, geil«, sagte Manni, »wann zeigst du sie uns?«

»Egal. Morgen. Wann's passt.«

»Wir schlafen da morgen Nacht«, sagte Manni, »ich leih dir einen Schlafsack, wenn du keinen hast.«

»Da gibt's ein Bett, ich brauch keinen.«

»Ich kann nicht«, sagte Knut, »muss morgen Abend acht Uhr wieder einrücken.«

Wir schwiegen. Die Stille klang, als hätte Knut jetzt gerade sein eigenes Urteil gefällt, als hätte er mit diesem Satz endgültig seinen Ausschluss aus der Welt, in der wir lebten, besiegelt. Ich wollte irgendetwas sagen, das dieses Urteil aufheben würde, aber mir fiel nichts ein.

»Kann ich noch jemanden mitbringen?«, fragte Manni.

»Klar«, sagte ich, »es gibt das Bett und Platz auf dem Boden, und wenn es warm genug ist, kann man auch draußen schlafen.«

Knut starrte abwechselnd auf seine Knie und auf den See. Er hatte sein Urteil angenommen.

Als ich nachts um halb eins ziemlich betrunken ins Bett fiel, schien mir die Aussicht, am nächsten Morgen zur Hütte zu fahren, sehr vielversprechend. Ein guter Plan. Ich würde mit Manni und irgendjemandem die bösen Geister dort austreiben. Und falls das nicht gelänge, wäre es egal, denn ich wollte das Ding ja ohnehin verkaufen. Gleichzeitig ließ mich das Gefühl nicht los, an diesem Abend am Seeufer sei etwas zu Ende gegangen und wäre nun für immer verloren. Meine Jugend vielleicht. Oder zumindest die Gemeinschaft mit Manni und Knut. Aber ich war zu betrunken und zu müde, um diesem Gedanken länger nachzuhängen, ich schlief ein. Sogar ohne an Sylvie zu denken.

~

Am Vormittag, während ich das Maschineschreiben übte, ging mir Knut nicht aus dem Kopf. Wir hatten ihn stillschweigend verstoßen, nur weil er sich unserem Verweigerungsdiktat nicht beugen wollte. Ich fühlte mich seltsamerweise selbst auf einmal verwaist und allein auf der Welt – Tante Irmi war weit weg, meine Großeltern beide tot, Sylvie wollte mich nicht als Geliebten, und Manni flog, seit er diese Band hatte, in einer eigenen Umlaufbahn. Ich erkannte auch, dass ich ein Heuchler war, denn erstens gab ich gegenüber Manni nicht zu, dass ich Knuts Entscheidung nicht so schlimm fand, und zweitens hatte ich selbst nicht mal verweigern müssen, ich war bei der Musterung untauglich geschrieben worden. Mir stand es überhaupt nicht zu, den Überzeugungstäter zu spielen.

Ich ging raus und zur Telefonzelle, warf zwei Groschen ein und rief Knut an, aber am anderen Ende der Leitung war nur sein Vater, der mir erklärte, Knut sei schon wieder unterwegs nach Stetten in die Kaserne.

Ich wusste nicht, was ich mit Knut hätte reden sollen, aber ich wollte ihn glauben machen, er sei nicht so allein, wie er wirklich war, ich heuchelte schon wieder, denn eigentlich war mir Knut egal. Ich verschob das Gespräch auf ein andermal – irgendwann würde er ja wieder freihaben und herkommen –, aber ich wusste zugleich, dass ich es nicht wieder versuchen würde.

Am Nachmittag hupte Manni unten auf der Straße, und ich nahm die Lebensmittel, die ich aus dem Kühlschrank zusammengesucht hatte, den Wein, zwei Flaschen Chianti, und die Zahnbürste und ging runter.

In Mannis VW-Bus saßen noch zwei dunkelhaarige Mädchen. Die eine kannte ich, es war die Professorentochter, deren Klavier ich am Freitag gestimmt hatte. Manni stellte sie als Anke vor und die andere als Eva, ihre Schwester.

Wir fuhren zu meinem Renault, denn ich war verärgert über die Gesellschaft, die Manni da ankarrte, und wollte deshalb allein fahren. Dann hätte ich wenigstens die Stunde bis zum Feldberg für mich. Ich stieg um und fuhr voraus.

Ich war selbstverständlich davon ausgegangen, dass Manni einen aus seiner Band anschleppen würde, mit Mädchen hatte ich einfach nicht gerechnet. Mit Mädchen zusammen benehmen sich Jungs strategisch, ihre ausgelassene Angeberei findet allenfalls noch subtil statt, sie sind nicht mehr sie selbst vor lauter Anbahnungsrhetorik, ich war mir sicher, ich würde Manni nicht wiedererkennen, weil ich mir sicher war, dass er eine von beiden, Eva oder Anke, herumkriegen wollte. So würde das nichts mit dem Austreiben böser Geister.

Aber als wir angekommen und die Lebensmittel verstaut waren – jeder hatte seinen Kühlschrank geplündert, denn damals konnte man am Sonntag nirgendwo etwas kaufen, nicht am Bahnhof, in keiner Tankstelle, und schon gar nicht irgendwo in der Stadt –, da genoss ich die Begeisterung der drei. Sie fanden die Hütte super und den Platz super und den Wald drum herum super, und ich stellte fest, dass Manni sich kein bisschen verändert hatte. Er war anscheinend souverän genug, sich nicht extra in Szene zu setzen – ich hatte ihn unterschätzt.

Wir gingen spazieren, nachdem wir uns eingerichtet hatten, bestaunten das Alpenpanorama vom Herzogenhorn aus, kehrten um und gingen ein Stück in Richtung des Feldberggipfels, ließen es dann aber sein, weil uns der Weg zu weit schien. Manni verlangsamte seinen Schritt irgendwann und ließ die beiden Mädchen vorausgehen. »Tut mir leid, dass ich Anke mitbringen musste«, sagte er, »aber Eva hätte ohne sie nicht wegdürfen. Ich hoffe, sie geht dir nicht auf die Nerven.«

»Schon recht«, sagte ich. Auch das war geheuchelt, aber eine Entschuldigung nimmt man an, wenn sie ausgesprochen wird. Ich hatte meinen Ärger ohnehin schon fast vergessen, denn die beiden waren nett und unverkrampft, und Anke stellte mir immer wieder Fragen zu Klaviermusik, sodass ich mich geehrt fühlte, von ihr für einen Pianisten gehalten zu werden.

~

Wir machten ein Feuer vor der Hütte, als es Abend wurde, und Manni spielte auf einer akustischen Gitarre, er klimperte einfach so vor sich hin, und es klang gut. Er war die Art Musiker, die jedes Instrument zum Klingen bringt.

Ich sammelte noch ein bisschen Holz im Wald, denn ich wollte den Mädchen das Bett überlassen und am Feuer schlafen. Manni konnte das Wohnzimmer haben. Als ich zurückkam, waren Manni und Eva verschwunden, Anke hatte die Gitarre genommen und spielte *The*

House oft the Rising Sun. Gar nicht schlecht. Ich setzte mich zu ihr, und sie sagte: »Die haben sich verzogen.«

»Spiel weiter«, sagte ich, »gefällt mir.«

Es war dunkel geworden, und ich sah nicht, ob sie errötete, aber ich vermutete es, denn die Bewegung, mit der sie die Gitarre wieder an sich nahm, nachdem sie sie, wie bei etwas Verbotenem ertappt, weggelegt hatte, wirkte linkisch und verlegen. Sie spielte *Stairway to Heaven*. Sie sang sogar dazu, und auch das tat sie mit Charme und einigem Können.

Beim nächsten Stück, *Bungalow Bill* von den Beatles, sang ich mit, zwar nicht gut, aber das war egal, wir gaben kein Konzert, es ging nur darum, sich gemeinsam an die Musik, wie sie eigentlich klang, zu erinnern, und als Eva und Manni wieder zu uns stießen, hatte sich eine kleine Verbindung zwischen Anke und mir entwickelt, die wir der offensichtlichen zwischen Eva und Manni entgegenhalten konnten. Wir sangen zu viert, Manni und Anke spielten abwechselnd Gitarre, bis uns keine Lieder mehr einfielen und der Mond am Nachthimmel über die Baumwipfel kam.

»Wenn mir jemand einen Schlafsack leiht, dann schlaf ich hier draußen, und die Damen kriegen das Bett«, sagte ich, als wir alle vier vor lauter Müdigkeit einsilbig wurden.

»Damen«, sagte Eva, »das klingt nach letztem Jahrhundert.«

»Singen am Lagerfeuer *ist* letztes Jahrhundert«, sagte ich und wunderte mich über meine Schlagfertigkeit. Vielleicht war mir Eva egal. Sylvie gegenüber hätte ich nicht so leicht den Mund aufbekommen. Nein, das stimmte nicht. Es war bisher so gewesen, ich kannte mich schüchtern und verdruckst, wenn ich jemanden mochte oder bewunderte oder begehrte, aber mit Sylvie war ich nicht so. Vielleicht hatte sich das ganz einfach geändert. Vielleicht war ich erwachsen geworden und hatte es noch nicht gemerkt.

~

Ich bereute meinen Entschluss, draußen zu schlafen, schon bald, denn Evas Schlafsack war nicht warm genug. Ich lag mit dem Bauch zum Feuer und fror am Rücken. Dafür hatte ich einen beeindruckenden Sternenhimmel über mir, der Sichelmond wanderte zum Rand meines Blickfelds, und ins Knistern und Knacken des Feuers, das ich noch einmal mit den dicksten Ästen gefüttert hatte, mischte sich hin und wieder der Ruf eines Käuzchens. Nach drinnen umzuziehen war keine Option, denn oben im Schlafzimmer bei den Mädchen wollte ich mich nicht auf den Boden legen, und unten bei Manni war kein Platz für einen zweiten Schläfer. Ich überlegte mir schon, ins Auto umzuziehen, als ich erschrak, weil es irgendwo im Wald, ganz in der Nähe, knackte. Wenn das der Mörder war, dann hätte ich keine Chance, außer vielleicht ins Haus zu rennen und auf Mannis Hilfe zu hoffen. Ich schälte mich vorsichtig aus dem Schlafsack, damit er mich nicht unbeweglich erwischen würde, aber dann entfernte sich das Knacken und Rascheln – es war wohl ein Reh oder Fuchs oder sonst ein Tier.

Weil ich schon aus dem Schlafsack heraus war, legte ich auch gleich noch ein paar möglichst dicke Äste nach, das Feuer durfte nicht allzu klein werden, damit es mich wenigstens von einer Seite wärmte. Viel Schlaf würde ich auf die Art nicht bekommen, aber das war mir egal.

Ich hörte die Tür gehen und sah eines der Mädchen mit einem Schlafsack über der Schulter herauskommen. Als sie nah genug war, erkannte ich Anke.

»Schläfst du?«, fragte sie, und ihre Stimme klang ärgerlich.

»Nein«, sagte ich.

Sie setzte sich zu mir ans Feuer, den Schlafsack wie einen Mantel um sich geschlungen, und ich sah, dass sie einen Pyjama trug. Das fand ich witzig und ein wenig rührend. Der Schlafanzug war dunkel, die Farbe konnte ich nicht erkennen, aber ich sah, dass die Hose ein Paisleymuster hatte und die Jacke gestreift war.

»Was ist denn das für ein Typ?«, fragte sie, noch immer in ärgerlichem Ton, und stocherte mit einem Ast im Feuer herum.

»Manni?«

»Ja.«

»Wieso?«

»Der kommt einfach zu uns ins Bett gekrochen, geht davon aus, dass ich schlafe und nichts mitkriege, und macht schon wieder mit meiner Schwester rum.«

Ich wusste nichts darauf zu antworten und wartete, dass sie weiterreden würde.

»Soll ich vielleicht dabei zugucken, oder was?«

Ich schwieg weiter.

»Oder gar noch mitmachen?«

Jetzt musste ich lachen. »Das würd ich ihm nicht gönnen.«

»Er ist ein Arschloch. Und meine Schwester auch.«

»Schlaf hier«, sagte ich, »wenn wir uns abwechseln mit dem Feuer und immer was nachlegen, ist es vielleicht warm genug.«

Sie starrte ins Feuer und sagte nichts. Ich tat dasselbe, und wir legten Holz ins Feuer, um irgendetwas zu tun, weil wir nicht wussten, was wir noch reden sollten. Nach einer Weile breitete sie ihren Schlafsack aus und schlüpfte hinein.

»Kann ich deine Füße als Kopfkissen haben?«, fragte sie, und ich legte mich so, dass es passte, zog den Reißverschluss zu und versuchte, eine halbwegs auch für mich bequeme Schlafstellung zu finden.

»Schlaf gut«, sagte ich.

»Du auch.«

»Hoffentlich schnarche ich nicht.«

»In deinem Alter schnarcht man nur, wenn man besoffen ist«, sagte sie.

»Bin ich nicht.«

Ich hatte das Gefühl, das, was ich jetzt gerade erlebte, müsse ich in Erinnerung behalten als einen der besonderen Momente meines Lebens. Eine fast fremde Frau vertraute mir so, dass sie ihr Haupt auf meine Beine bettete, und ich konnte meine Ritterlichkeit beweisen, indem ich still lag und nicht schnarchte. Und das Feuer nicht ausgehen ließ.

~

Ich musste eingeschlafen sein, denn das Nächste, was ich mitbekam, war, dass sie zitterte. Mein Rücken war kalt und mein Bauch nicht besonders warm, das Feuer war auf einen kleinen Glutrest zusammengefallen, und der Himmel schien mir heller als zuvor. Ihr Kopf, der auf meinen Unterschenkeln lag, zitterte nicht, aber ihre Schultern stießen immer wieder an meine Beine.

»Frierst du?«, fragte ich leise.

»Ja«, sagte sie. Es klang kläglich.

Ich setzte mich auf, zog den Reißverschluss meines Schlafsacks halb nach unten und legte Holz nach. Dann blies ich, damit es schnell anbrennen würde, und rieb meine Handflächen aneinander.

»Du könntest auch drinnen im Wohnzimmer schlafen«, sagte ich, »wenn Manni oben ist, kannst du ja seinen Platz haben.«

»Damit er irgendwann runterkommt und mich zum Nachtisch vernascht«, sagte sie, »nee.«

»Und wenn wir einen Schlafsack als Unterlage nehmen und den anderen als Decke?«

»Und zusammenschlupfen?«

»Ja.«

»Aber ohne Vernaschen.«

»Klar.«

»Als ob das so klar wäre«, sagte sie und kicherte. Aber sie hatte schon den Reißverschluss aufgezogen und breitete ihren Schlafsack aus.

Sie legte sich so, dass ihr Bauch vom Feuer gewärmt wurde, und ich schmiegte mich an ihren Rücken, legte meinen Arm um sie, wobei mir erst in diesem Moment klar wurde, dass ich so die unvermeidliche Erektion, die mich in Sekunden heimsuchen würde, nicht vor ihr verbergen konnte. Wir steckten die Enden des oberen Schlafsacks so nach innen, dass keine Wärme entweichen sollte, und ich legte meine Arme um sie, und da war sie schon, die Erektion. Sie drängte sich gegen Ankes Hintern, und es nutzte nichts, dass ich versuchte, ein wenig Abstand zu halten, sofort wurde es kalt an meinem Rücken. Es ging nicht. Mit engen Jeans hätte sich das vielleicht verbergen lassen, aber ich trug eine lockere dunkelrote Pluderhose mit Gummizug. Seit ich Sylvie kannte, hatte sich mein Kleidungsstil ins Hippiehafte verändert.

»Oha«, sagte Anke.

»Einfach ignorieren«, sagte ich, »oder wenigstens als Kompliment nehmen.«

Sie kicherte.

Ich glaubte, wir könnten irgendwann so einschlafen, auch wenn das bei mir viel später der Fall sein würde, denn ich musste viel Charakter aufbringen, um so unbeweglich zu liegen, dass sie sich wenigstens nicht bedrängt fühlen würde, und anfangs schien es auch zu funktionieren. Sie atmete ruhig, und ich versuchte, Sternbilder zu erkennen, um mich abzulenken. Aber ich kannte nur den Großen Wagen, alles andere waren eben Sterne, und bald spürte ich, dass sie ihren Hintern an mich drückte. Ich tat noch immer nichts, denn ihr »Ohne vernaschen« war mir Befehl, aber bald hatte sie ihre Hand in meiner Hose, und nachdem sie sie eine Weile bewegt hatte, zog sie zuerst meine, dann ihre Schlafanzughose nach unten und führte mich in die richtige Richtung, und es wurde warm und fühlte sich großartig an, und jetzt hätten mir astronomische Kenntnisse gutgetan, um zu vermeiden, dass ich schon nach wenigen Bewegungen kommen würde.

Wir schwiegen die ganze Zeit, sie keuchte ein kleines bisschen, leise, verhalten, so als läge jemand dicht neben uns, der nicht mitbekommen sollte, was wir taten, vielleicht war sie vorhin oben so aufgewacht, mit solch verhaltenen Geräuschen und Bewegungen neben sich im Bett. Ich hatte meine Hand unter ihr Schlafanzugoberteil geschoben und ihre Brust umfasst, sie fühlte sich groß und schön an, ich hätte Anke gern nach oben bugsiert, um ihre Brüste im Mondlicht über mir zu sehen, aber ich wagte es nicht, irgendeine Form von Dominanz an den Tag (oder besser die Nacht) zu legen, ich wollte nur tun, was sie wollte.

Ich versuchte, mich abzulenken von dem immer größer werdenden Gefühl, das sich schon in mir zusammenzog, es war zu schön, es sollte nicht schon wieder gleich vorbei sein, ich dachte an Manni, das half ein bisschen, dachte an das Feuer und daran, welche Äste ich als Nächstes nachlegen sollte, das half nicht, dachte an Sylvie, und das war das Falscheste, was ich tun konnte, dachte schnell an etwas anderes, fand aber nur den Polizisten in Freiburg in meinem Kopf, der sich so hilflos bemüht hatte, kompetent zu wirken, und das zeigte Wirkung. Ich war auf einmal wie außerhalb, sah uns beide von oben eingewickelt daliegen als pulsierenden Schlafsack und spürte nichts mehr von dem eben noch so nah gekommenen Orgasmus. Er war wieder in weiter Ferne.

Jetzt war ich in der Lage, auf sie zu achten. Sie bewegte sich kaum, lag einfach so da, für mich, nahm meine Bewegungen hin und setzte ihnen keinen Widerstand und keinen eigenen Willen entgegen. Ich fragte mich, ob sie es überhaupt genoss, ob sie es überhaupt genießen wollte oder nur mir zuliebe über sich ergehen ließ. Sie war vielleicht zwanzig, viel Erfahrung konnte sie noch nicht haben, und auch ich war noch grün, wusste wenig, wagte noch weniger, hatte mehr Bilder aus Film und Phantasie im Repertoire als wirkliche Erlebnisse – ich hörte meine eigene Stimme in meinem Kopf, die um Ansagen bat, um Anleitung, kleine Zeichen, hilfreiches Steuern und dachte endlich wieder an Sylvie und kam mit einem unhaltbaren Seufzer und begriff, dass ich in den letzten Minuten ein Karnickel gewesen war.

Anke lag still und schien mir entspannt, und bevor ich mich so schämen würde, dass ich kein Wort mehr herausbekäme, fragte ich: »War das …«, weiter wusste ich nicht, deshalb fing ich neu an: »Bist du …«, und auch hier war gleich wieder Schluss.

»Alles gut«, sagte sie leise, und ihrer Stimme hörte ich an, dass es stimmte.

Ich drängte mich eng an sie und küsste ihren Nacken, nachdem ich ihr Haar von dort weggeschoben hatte. »Anke, du bist toll«, sagte ich.

»Schlaf jetzt«, sagte sie. »Und schnarch nicht.«

~

Ich wachte auf mit dem Geruch von Moos und Tannennadeln in der Nase, es war schon fast hell, mein Rücken war kalt, und Anke zitterte wieder.

»Komm, wir gehen rein, das bringt's nicht hier draußen«, sagte ich.

»Und wenn Manni da liegt?«

»Dann verscheuchen wir ihn nach oben zu deiner Schwester.«

Er lag nicht da. Wir richteten uns genauso ein wie draußen, einen Schlafsack unter und einen über uns, und sie legte sich wieder vor mich, sodass ich sie von hinten umarmen und mit meiner Vorderseite wärmen konnte.

Als ich das nächste Mal erwachte, saß sie auf mir, ich war in ihr, offensichtlich hatte ich alle Präliminarien im Schlaf hinter mich gebracht, und jetzt brauchte ich nur mit den Händen ihr Schlafanzugoberteil noch oben zu streifen, um ihre Brüste zu sehen. Sie waren so schön, wie ich erwartet hatte.

Es schien ihr diesmal Spaß zu machen, ich lag unten und hatte keine Chance auf die Karnickeloption, also ließ ich es geschehen, wie es eben geschah, ließ Anke tun, was ihr gefiel, und hielt mich, so lang ich konnte, zurück, und als das nicht länger möglich war, bäumte ich mich auf und küsste sie, während sie sich wilder bewegte und heftiger keuchte, und als wir dann umarmt zurücksanken, war ich mir sicher, es hatte ihr gefallen.

Wir lagen eine Weile umarmt und horchten unseren langsamer werdenden Herzschlägen nach, bis sie sagte: »Ja.«

»Was ja?«

»War schön. Richtig schön.«

~

Manni war kein bisschen verwundert, als er uns im Wohnzimmer liegen sah, er grinste breit und zufrieden, als habe er nichts anderes erwartet.

»Zimmerservice«, sagte er, »Sie haben geklingelt?«

»Wir nehmen die Spiegeleier mit Schinken und Orangensaft und Marmelade und eine halbe Melone und vielleicht noch etwas Wurst und gebratene Tomaten«, sagte ich, »fürs Erste.«

»Und Kartoffelpuffer«, sagte Anke:

»Ich mach Kaffee«, bot Manni an.

»Gibt aber nur Nescafé«, sagte ich und musste unwillkürlich an Sylvie denken, hatte ein schlechtes Gewissen dabei, weil ich sie betrogen hatte, fand mich aber gleichzeitig albern, weil sie mich doch gar nicht wollte. Ich war bester Laune. Und Anke ebenfalls.

Zum Kaffee, den Manni uns »ans Bett« brachte, rauchten wir eine Zigarette, die ich uns gedreht hatte, und Anke sah verschlafen und rührend aus, mit strubbeligem Haar und in ihrem nicht zusammenpassenden Pyjama, und ich sah zum ersten Mal die Farbe ihrer Augen. Braun. Ich fand sie schön und war ihr dankbar. Aber ich war nicht verliebt in sie. Und ich stellte fest, dass ich Sylvies Augenfarbe nicht wusste. Und ich hätte Mannis VW-Bus den Abhang runterwerfen können, so lebendig fühlte ich mich.

Als Eva zu uns stieß, in den anderen Teilen desselben Schlafanzugs, die Hose gestreift und die Jacke mit Paisleymuster, grinste auch sie beim Anblick unserer gemeinsamen Bettstatt und tat so, als habe sie das alles geplant. Und wenn schon. Es war schön, so wie es war, ich hatte nichts daran auszusetzen.

Eva und Anke hatten sogar Marmelade mitgebracht, Manni briet Spiegeleier für uns alle, und wir frühstückten opulent, plauderten, witzelten, und ich hatte für einen Augenblick die Vision, dass wir vier in zehn Jahren vielleicht irgendwo auf einer Insel oder an einem Strand genauso vertraut beieinandersitzen würden. Und auch daran hatte ich nichts auszusetzen, bis mir Sylvie wieder einfiel und ich mir wie ein Verräter vorkam.

~

Als ich die Hütte abschloss, sagte Manni: »Die verkaufst du nicht«, und Anke und Eva unterstützten ihn mit bedeutsamem Kopfnicken und Kopfschütteln.

»Und wenn ich Geld brauche?«

»Gib mir zwei Jahre«, bot Manni an, »dann kauf ich sie dir ab.«

Den Titisee straften wir mit Verachtung. »Da haben wir was Besseres vor der Haustür«, fand Manni und winkte uns zurück zum Auto. In Donaueschingen setzten wir uns in ein Café, nachdem wir durch die Stadt spaziert waren und Schloss und Donauquelle besichtigt hatten, aber es hielt uns nicht lange dort, und wir fuhren über Tuttlingen und Meßkirch nach Ravensburg, aßen dort zu Mittag, es war fast zwei Uhr, und wir bekamen nur mit Glück und Überredungskunst noch etwas bei einem Jugoslawen, dann über Meersburg mit der Autofähre zurück.

»Das war schön«, sagte Anke vor meiner Haustür und küsste mich auf den Mund. Ich lächelte. Sie stieg in Mannis VW-Bus, und ich winkte allen dreien, als sie losfuhren und um die Ecke bogen. Ja, das fand ich auch, dachte ich. Aber gesagt hatte ich es nicht.

Ich legte mich in die Badewanne, stellte mein kleines Kofferradio auf den Waschtisch und hörte Südwest-Drei, fühlte mich wohl und irgendwie befreit, wusste aber nicht, wovon eigentlich. Vom Zölibat? So lange war das nicht her, dass ich noch mit Astrid routiniert, aber wohltuend geschlafen hatte, ein paar Wochen, mehr nicht.

Aber je länger ich dalag und die Wärme genoss, desto deutlicher schlich sich das schlechte Gewissen heran. Ich hatte Sylvie betrogen. Ich wusste, dass es Unsinn war, sie hatte gesagt, ich solle meine sexuelle Revolution mit wem auch immer veranstalten, trotzdem kam ich mir vor, als hätte ich Sylvie etwas gestohlen. Als hätte sie ein Anrecht auf meine Enthaltsamkeit.

Später saß ich an der Schreibmaschine und schrieb abwechselnd: »Du sollst nicht begehren einer anderen Leib« und »Du sollst keine Sylvie haben neben mir«. Als ich das lang genug getan hatte, begann ich mich wie ein Verräter gegenüber Anke zu fühlen und musste lachen, riss das Papier aus der Maschine, zerknüllte es wie jeder x-beliebige Schriftsteller im amerikanischen Kino und warf es in den Papierkorb.

~

»Anke schwärmt von dir«, sagte Manni morgens im Laden, und ich gab mich lässig und über solche Kindereien erhaben, sagte: »Wer nicht?« und fummelte weiter mit dem Tapeziermesser an der Verpackung einer Mandoline herum, die sich einfach nicht öffnen lassen wollte.

»Haha«, sagte Manni, »dir guckt die Verliebtheit aus allen Poren.«

»Aus Poren kann nichts gucken«, sagte ich.

»Aus deinen schon. Falls das überhaupt Poren sind und nicht etwa Akne.«

»Aaaah, wer sagt's denn«, ich gab mich beschäftigt und zufrieden mit meinem Erfolg gegen die widerstrebende Verpackung. Ich wollte das Thema nicht weiter vertiefen.

~

Am Nachmittag war ich wieder als Klavierstimmer unterwegs und die meiste Zeit allein mit meiner Stimmgabel, und am Abend machten Manni, ich und Knuts Nachfolger, ein gescheitelter Junge mit Brille und schiefem Lächeln, Überstunden, weil nachmittags eine Lieferung Instrumente gekommen war, die alle bis zum nächsten Tag eingeräumt sein mussten.

Für die Mensa war es danach zu spät und um irgendetwas einzukaufen erst recht, also aß ich wieder einen Hamburger an der Imbissbude, bevor ich endlich nach Hause kam.

Und keinen Brief im Kasten fand.

Das war vielleicht die gerechte Strafe für meine Untreue. Ich ging mir inzwischen selbst auf die Nerven mit diesen hergeholten Skrupeln.

Ich hörte Radio und ließ den Rest des Abends verstreichen. An der Schreibmaschine machte ich mich schon ziemlich gut, ich durfte mir nur nicht einbilden, schneller zu sein, als ich war.

~

Am nächsten Tag war Schulanfang, und wir mussten alle mitanpacken, um die Blockflöten, Notenhefte und Viertelgeigen zu verkaufen, die wir gestern in der Spätschicht noch ausgepackt hatten. Am Vormittag war noch mal ein Schwung hereingekommen, den wir über Mittag auch noch auspacken und einräumen sollten, aber ich schützte einen Stimmtermin vor und fand endlich Sylvies Antwort im Briefkasten.

Lieber Simon,

nett sein ist nie nutzlos, dies nur mal voneweg, damit du dir nicht ein Selbstbild als Verlierer zimmerst. Und noch was voneweg: Ist der Mann, der dir die Briefe schreibt, eigentlich vertrauenswürdig? Ich muss mich auf seine Diskretion und ethische Reife verlassen können, sonst gibt das ein Drama. Seine Ratschläge fand ich allerdings wirklich bedenkenswert – ich habe versucht, das gleich bei nächster Gelegenheit in die Tat umzusetzen, aber ich fürchte, du ahnst es schon, der Typ, dem ich vorsichtige Anleitungen ins Ohr keuchte, schaute mich zuerst nur an, als frage er sich, wieso das Ding auf einmal redet, entschloss sich dann offenbar, an eine Halluzination zu glauben, und machte so weiter, wie es ihm, aber nicht mir, gefiel. Von weiteren Versuchen nehme ich jetzt auf jeden Fall Abstand. Erstens, weil ich einsehe, dass es nicht in Ordnung ist, dir solche Schlüpfrigkeiten zuzumuten, und zweitens weil ich mir klar darüber geworden bin, dass ich diese Art von »Vergnügen« nicht als Vergnügen empfinde. Ich muss in den Kerl verliebt sein. So macht das keinen Spaß. Mag sein, dass es für Männer anders ist, dass sie den schnellen One-Night-Stand ganz toll finden, bei mir ist das nicht so. Das kann ich allein besser.

Das ganze Flittchenprogramm war kindisch und wohl nur meiner Verwirrung und vielleicht verdrehten Trauer um Konrad zuzuschreiben. Ich bin kein Flittchen und kapiere erst jetzt (ein bisschen spät, ich weiß), dass eine solche Suche nach Bestätigung genau das Gegenteil erreicht und nur Demütigung und Abwertung zur Folge haben kann. Wenn ich mich als leicht zu haben präsentiere, bin ich selbst ein Garnichts und muss mich nicht wundern, wenn ich es nur mit anderen Garnichtsen als Gegenüber zu tun bekomme.

Bitte sieh mir nach, dass ich dich mit diesem Thema belästigt habe, und schreib mir, wann ich dir die Fotoalben deines Vaters zurückgeben darf.

Meine Eltern leben nicht mehr. Geschwister habe ich keine. Aufgewachsen bin ich glücklich als geliebtes und gehätscheltes Kind, und als ich Konrad kennenlernte, war er meine große Liebe. Und jetzt, da er tot ist, wüsste ich gern, wozu ich auf der Welt bin. Ich weiß es noch nicht. Frag mal den Typen, der deine eleganten Sätze formuliert.

Du bist ein Schatz, das wollte ich dir unbedingt noch sagen, deine Sylvie

Ich beeilte mich mit meiner Antwort, aber weil ich mich deswegen zu hastig über die Tasten hermachte, musste ich immer wieder das Korrekturband einsetzen und überzog die Mittagspause um zehn Minuten. Herr Berner runzelte zwar die Stirn, sagte aber nichts, denn unsere Überstunden waren unbezahlt, und er wusste, was er an uns hatte.

Liebe Sylvie,
mir fällt tatsächlich ein Stein vom Herzen. Jenseits all der Eifersucht, mit der ich dich geflissentlich in Ruhe lasse, hatte ich doch ein ganz ähnliches Gefühl bei der Vorstellung, dass irgendwelche Lackl, die deiner nicht würdig sind, auf dir herumalbern dürfen und dir dabei weder Freude machen noch ihr Privileg zu schätzen wissen. Aber weil ich dir in einem flapsigen Moment dazu geraten habe, dachte ich, das muss ich jetzt auch aushalten, und beherrschte mich, immer wenn ich rufen wollte: »Lass ab von diesem Tun.«

Mein Freund und Musikladenkollege Manni hat am Samstag Premiere mit seiner Band hier in der Stadt. Sie sind sehr gut. Hast du nicht vielleicht Lust, zu kommen und mich dabei zu unterstützen, wie ich ihn dabei unterstütze? Dann könntest du auch die Fotoalben mitbringen.

Ich bin auch ein Einzelkind, nach dem Tod meiner Mutter war ich ein Jahr lang ein Tantenkind, dann bis zur sittlichen Reife ein Großelternkind, und alle waren lieb zu mir, selbst mein Vater wäre lieb zu mir gewesen, wenn ich ihn gelassen hätte. Wir haben also beide das Zeug dazu, glückliche Menschen zu sein, den Knast oder die Klapsmühle in unseren Lebensläufen auszulassen und vielleicht sogar anderen Menschen hier und da mal gut zu bekommen. Das verbindet uns doch. Und wer weiß, vielleicht beantwortet es auch schon deine Frage, wozu du auf der Welt bist.

Ich würde mich freuen, wenn du mit mir das Konzert am Samstag anhören könntest, und ich bin stolz auf dich, dass du den Flittchentest so gut be- und hoffentlich auch überstanden hast. Dein Simon

Der Nachmittag war noch mal heftig. Die Muttis und Erstklässler stürmten den Laden wie gestern und am Vormittag, aber wir machten pünktlich zu, und ich schaffte es noch mit dem Bus in die Mensa.

Dort sah ich Anke, die gerade ging, aber sie sah mich nicht, und ich unterdrückte den ersten Impuls, nach ihr zu rufen, weil ich an Sylvie dachte und Anke sich angeregt mit einer anderen Frau unterhielt. Ich wusste nicht, was sie studierte. Ich hatte überhaupt nicht gewusst, *dass* sie studierte. Ich hatte sie nichts gefragt. Vielleicht war ich für sie auch ein ziemliches Garnichts gewesen. Aber nein, Unsinn, sie hatte gesagt, es sei schön gewesen, als sie mich an der Tür küsste. Das sagt man nicht, wenn es nicht stimmt.

~

Samstag geht klar, ich komme so gegen sechs, dann könnten wir noch was essen, stand auf der Postkarte, die ich am Freitag aus dem Briefkasten gefischt hatte, und am Samstagmorgen kaufte ich ein, füllte den Kühlschrank mit Wein und Bier und allerlei handlichem Essen, putzte die

Wohnung direkt nach der Arbeit, ich putzte alles, Waschbecken, Badewanne, Böden, Spiegel und Regale, sie sollte mich nicht als Schmuddel ansehen. Ich putzte sogar meine Schuhe, weil ich gehört hatte, dass Frauen das mögen. Das tat ich sonst nur etwa einmal im Jahr.

Als ich damit fertig war, reichte es gerade noch für eine Dusche, und dann stand sie schon da, in einer dünnen Lederjacke und Pluderhosen, Turnschuhen und mit der notorischen Hippietasche über der Schulter.

»Komm rein«, sagte ich, »willst du was trinken? Kaffee oder Tee oder Wasser oder sonst was?«

Sie küsste mich auf beide Wangen, wuschelte mir wieder so mütterlich oder großschwesterlich durch die Haare und antwortete: »Am liebsten würd ich mit dir spazieren gehen.«

»Lässt sich machen«, sagte ich und nahm meine Jacke vom Haken.

~

Wir fuhren mit dem Käfer zur Insel Reichenau, stellten das Auto ab und gingen auf dem nördlichen Uferweg am Wasser entlang. Sie hakte sich bei mir unter und sagte irgendwann: »Zurzeit bist du der Ältere von uns beiden.«

»Na ja«, sagte ich, mehr fiel mir dazu nicht ein.

»Hat sich dein Bild von deinem Vater eigentlich geändert, seit du es weißt?«, fragte sie einige Zeit später. »Ich meine, dass er schwul war.«

»Ja. Ich hab ihn ein bisschen heiliggesprochen nachträglich. Jetzt versteh ich, wieso er so fies zu meiner Mutter war.«

»Sie war so eine schöne Frau«, sagte Sylvie.

»Ich war zu klein, um das zu sehen«, sagte ich.

»Ich hab auch als Kind schon auf so was geachtet.«

»Du warst ein Mädchen, ich war ein Junge, daran kann's liegen, oder?«

»Meinst du, Jungs sehen Schönheit erst, wenn sie scharf werden?«

»Ich fürchte, das ist möglich, ja.«

»Seltsame Wesen.«

Ich hatte mich schon gewundert, wieso ihre Tasche so schwer an ihr hing, dass sie sie mehrmals von einer Schulter zur anderen wechselte – jetzt wurde mir klar, weshalb, denn sie steuerte eine Bank am Ufer an, setzte sich, klopfte mit der Hand neben sich und nahm zwei Flaschen Bier und ein Päckchen heraus, aus dem zwei große Schinkenbrote zum Vorschein kamen.

»Picknick«, sagte sie und gab mir eines der Brote. Dann kramte sie noch eine Weile in der Tasche, bis sie einen Öffner gefunden hatte, und öffnete die beiden Bierflaschen, sie reichte mir eine und stieß mit ihrer an.

»Sehr gut«, sagte ich nach dem ersten Bissen, »mit Senf und Gurke. Super.«

»So macht das die erfahrene Hausfrau.«

Ich trank normalerweise kein Bier, aber diesmal schmeckte es und passte zum Schinkenbrot, zur Uferbank und zum Untersee, den wir schweigend und essend betrachteten.

Zwei Schwäne näherten sich uns. Sie schienen einen Sinn zu haben für essende Menschen, bei denen eventuell was abfallen würde, denn sie hatten es nicht eilig, als wüssten sie, dass wir erst mal satt werden mussten, bevor wir in Spendierlaune kämen.

In diesem Moment begriff ich, dass ich an einem Wendepunkt stand. So, wie es bisher verlaufen war, würde mein Leben nicht weitergehen, es würde anders werden. Ob ich mich für oder gegen irgendetwas würde entscheiden müssen oder nur begreifen, was sich änderte, das wusste ich nicht, aber ich wusste, dass jetzt der Moment war und dass mich das mit Sylvie verband.

»Alles wird anders«, sagte ich.

»Und wir müssen mitkommen«, antwortete Sylvie, »das ist gar nicht so einfach.«

»Wir sind zu zweit.«

Sie sah mich für einen Moment an, dabei konnte ich endlich ihre Augenfarbe erkennen – hellbraun mit einem Stich ins Grünliche –, dann nahm sie meinen Kopf in beide Hände und küsste mich kurz und wie abschließend auf den Mund.

»Du bist ein guter Typ«, sagte sie, »ich bin froh, dass ich dich gefunden habe.«

Wir schauten beide aufs Wasser, ich lächelnd und sie ernst, wie ich mit einem schnellen Seitenblick feststellen konnte.

»Wann spielen die?«, fragte sie nach einiger Zeit, und ich sah auf meine Uhr und sagte: »Jetzt.«

~

Das stimmte zum Glück nicht, denn als wir ankamen, war da noch eine Songgruppe mit unerträglichem Schwung zugange mit irgendwelchen wohl selbst komponierten Liedern, die sich mit einer besseren Zukunft für die Mühseligen und Beladenen beschäftigten. An den Ständen sah man Poster von Salvador Allende mit Stahlhelm, Angela Davis und Che Guevara, exotisches Essen und exotische Textilien, es liefen bemerkenswert viele ältere Männer mit unkleidsamen schwarzen Kunstlederjacken, Schnauzbärten und Schiebermützen herum und bemerkenswert viele jüngere Leute mit Palästinensertüchern als Schals.

Wir suchten uns einen Platz nahe der Bühne, und ich

holte noch zwei Bier an einem Stand, während Sylvie aus-
harrte, um unsere Eroberung zu verteidigen.

Die Songgruppe ging ab, und Sinkin Ship wurden
angesagt, kamen auf die Bühne, stellten die Mikrofone
ihrer Vorgänger zur Seite und stöpselten ihre Instrumente
ein. Ein paar Töne von Gitarre und Bass, ein paar Schläge
auf die Trommeln und die knappe Ansage des Sängers:
»Hallo, wir sind Sinkin Ship, und das ist unsere Premiere«, dann spielten sie *Magic Carpet Ride* von Steppenwolf, *What's going on* von Taste und *Sweet Home Alabama*
von Lynyrd Skynyrd und hatten das Publikum gewonnen.
Die meisten waren aufgestanden und tanzten, der Jubel
zwischen den Stücken wurde immer lauter, und der Sänger erwies sich als geborener Frontman, der es schaffte,
die Energie der Band zu verkörpern und zu bündeln.
Manni trug rote Schuhe, ein rotes Stirnband und spielte
lässig und fast verträumt auf seiner roten Gitarre. Es war
ein Triumph.

Unter den Veranstaltern, die drei Meter entfernt von
mir an der Theke eines Solidaritätsimbisses lehnten, ver-
schlechterte sich die Stimmung, denn sie waren offenbar
nicht auf solche imperialistisch-amerikanische Musik
vorbereitet. Ich sah sie gestikulieren mit verärgerten Mie-
nen, einer wollte offenbar zur Bühne, vielleicht um den
Strom abzustellen, aber er wurde von seinen Kollegen
zurückgehalten, denn das Publikum war hin und weg
und wurde immer ausgelassener – es wäre eine schlechte
Idee gewesen, die Band von der Bühne zu holen.

Sie dosierten die eigenen Stücke, die Manni mit dem
Sänger zusammen geschrieben hatte, vorsichtig, spielten
immer mal wieder eines zwischen den bekannten Num-
mern, und als es dunkel wurde und die bescheidene Büh-
nenbeleuchtung ihre Wirkung entfalten konnte, stimmte
Manni *Little Wing* von Hendrix an, durchs Publikum ging

ein kollektiver Seufzer, und die vorher noch grimmigen Gesichter der Veranstalter wurden weich und bekamen einen seligen Ausdruck – falls sie wussten, von wem der Song war, konnten sie das wenigstens mit ihrem Weltbild irgendwie vereinbaren, weil Hendrix doch immerhin ein Schwarzer war, ein Ami zwar, aber wenigstens durch seine Hautfarbe als Unterdrückter geadelt. Sylvie strahlte.

Ich war glücklich, ihr etwas so Schönes geboten zu haben, und stolz auf meinen Freund Manni, der sich auf der Bühne als faszinierender und mitreißender Musiker erwies.

~

Ich sah weder Eva noch Anke, auch nicht nach dem Abbau beim Fest im Proberaum, und war erleichtert deswegen, obwohl ich nicht glaubte, dass Anke sich über den kleinen Ausflug hinaus mit mir abgeben würde. Der Proberaum war voll, die Instrumente und Verstärker blieben erst mal auf dem Flur, weil sich drinnen etwa zwanzig Leute um den großen Topf mit Kartoffelsuppe und die drei Kästen Bier drängten. Der Sänger war umringt von kaugummikauenden Mädchen, die sich ihre Begeisterung für ihn nicht anmerken lassen wollten, aber jeden Satz, den er sagte, mit Kopfnicken, Kichern oder anderen Zeichen der Zustimmung bedachten.

Der Bassist hatte seine Ehefrau dabei, der Schlagzeuger seine Freundin, ihren Bruder und dessen Freundin, Manni war auf eine nervöse Art glücklich – er schien in manchen Momenten nicht zu wissen, ob er nun lieber die Bierflasche oder die Zigarette zum Mund führen sollte, ein Stück Brot essen oder sich durch die Haare fahren. Er stellte sich bald zu Sylvie und mir, lehnte sich neben uns an die Wand und ließ sich in den auf- und abschwellenden Lärm der Gespräche und des Gelächters fallen.

»Du fliegst noch«, sagte Sylvie zu ihm in einem der leiseren Momente.

»Ja«, sagte er, »ich will noch stundenlang weiterspielen.«

»Es war toll«, sagte ich. Dann fiel mir ein, dass er und Sylvie sich noch nicht kannten, und ich stellte sie ihm vor.

»Enchanté«, sagte er.

Wir lobten ihn abwechselnd, bis uns die Superlative ausgingen, und er nahm es hin, ohne den Bescheidenen zu spielen, aber auch gelassen genug, uns nicht dabei noch anzufeuern.

Irgendwann ließ ich die beiden allein, weil ich dringend pinkeln musste, ging einen langen, nur spärlich durch die Fenster von außen erleuchteten Gang entlang, durch die ehemalige Kantine, in der noch immer Tische und Stühle standen – ich kannte mich aus und wusste, dass ich danach links abbiegen und an der Tür der ehemaligen Küche vorbeimusste, um den Waschraum zu finden, in dem es auch zwei Toiletten gab.

Ich hatte ein bisschen zu viel getrunken, das merkte ich jetzt, mir war schwindlig, als ich vor dem Klo stand, und ich musste mich mit der Hand abstützen, um nicht die ganze Umgebung zu markieren, wie Sylvie das vielleicht ausdrücken würde.

Auf dem Rückweg legte ich mich für ein paar Minuten auf einen der Tische in der Kantine, bis der Schwindel weg war, und schwor mir, nur noch Wasser zu trinken, um den Rest des Abends nicht weiß im Gesicht mit blödem Blick und schwerer Zunge zu verbringen.

Die Tür zum Proberaum wurde geöffnet, als ich dort ankam, und vor mir stand Eva. Sie sah mich forschend oder zweifelnd oder fragend an und sagte, sie suche Manni, ob ich wisse, wo er sei. Ich sagte Nein, auf dem Klo sei er nicht, da käme ich gerade her, und sie öffnete mir die Tür wie ein Doorman an der Upper West Side weit und mit Schwung, wobei sie mir erzählte, dass Anke und sie in Zürich gewesen seien mit ihrem Vater, der habe dort einen Vortrag gehalten, deshalb hätten sie Mannis Gig nicht hören können, wie es denn gelaufen sei und so weiter. Sie stellte mir zwar Fragen, aber sie wartete nicht auf Antworten, redete einfach weiter, während sie mich hinter sich her zu dem improvisierten Büfett zog, zwei Dosen Bier nahm, mir eine hinhielt, die ich ausschlug, und sich dann im Raum umsah, in dem nichts von Manni und auch nichts von Sylvie zu sehen war.

Anke stand beim Bassisten und seiner Frau, schien die beiden zu kennen, denn sie sah nur kurz her zu Eva und mir, winkte und redete dann weiter mit den beiden. Das war mir recht, denn ich fühlte mich unwohl bei dem Gedanken, dass Sylvie vielleicht Anke und mich zusammen sehen und sofort wissen würde, dass wir etwas miteinander gehabt hatten. Frauen erkennen so was, dachte ich.

Vielleicht vom vielen Rauch im Raum wurde mir wieder schwindlig, und ich ging vor die Tür, als Eva endlich von mir abließ und sich zu ihrer Schwester und dem Bassisten gesellte. Die frische Luft machte es jedoch noch schlimmer, mir wurde so schlecht, dass ich mich übergeben musste, und ich schaffte es gerade noch um die nächste Ecke, sodass mich niemand dabei sah.

Danach lehnte ich an der Wand in der Nähe der Tür und wollte nicht nach drinnen, aber auch nicht draußen stehen bleiben, ich wollte nur noch nach Hause, ins Bett fallen und möglichst nicht Karussell fahren. Eine Zeit lang hielt ich durch und wartete auf Sylvie, die doch vielleicht bei mir übernachten würde, aber dann entschloss ich mich zu gehen – sie kannte die Adresse. Jemand konnte ihr den Weg erklären, und sie konnte klingeln.

Der Fußweg zu meiner Wohnung schien mir gutzutun, der Schwindel war verschwunden, aber als ich im Bett lag, kam er mit Macht zurück. Ich schwor mir, nie wieder so unachtsam hinzulangen, übergab mich noch zweimal und schlief dann endlich irgendwann ein, ohne mir noch groß Gedanken um Sylvie oder Anke oder irgendwen zu machen.

~

Ich versuchte etwas zu frühstücken, aber es bekam mir nicht besonders, und ich ließ das Butterbrot nach zwei halbherzigen Bissen liegen. Auch die Zigarette, die ich danach rauchte, bekam mir nicht, ich starrte einfach vor mich hin und ließ den Sonntagvormittag verstreichen, bis ich die Glocken läuten hörte. Dann legte ich mich wieder ins Bett und versuchte, den Tag zu verschlafen.

Ich war enttäuscht, erlaubte mir aber nicht, diesem Gefühl nachzugeben. Zwar hatte ich gehofft, das ganze Wochenende mit Sylvie zu verbringen, aber so war es eben nicht gekommen, sie musste nach Hause gefahren sein, während ich auf dem Tisch in der Kantine lag. Das Fotoalbum hatte sie entweder nicht mitgebracht oder vergessen mir zu geben, also würde sie sich wieder melden.

Am Abend merkte ich, dass mein Zustand nicht von zu viel Alkohol herrühren konnte, denn mir war noch immer übel, und dass ich mich nicht erbrach, lag nur noch daran, dass nichts mehr da war, was ich hätte erbrechen können. Ich fror und schwitzte abwechselnd, starrte in die Luft, hörte irgendwelche dummen Melodieschleifen in meinem Kopf und dämmerte immer wieder weg.

Ich dachte daran, brachte aber die Energie nicht auf, aus dem Haus zu gehen und jemanden anzurufen, der gestern auch von der Kartoffelsuppe gegessen hatte, denn der gab ich inzwischen die Schuld, es musste etwas Verdorbenes drin gewesen sein.

Irgendwann war es Nacht, und die verging nur quälend langsam – immer wenn ich auf die Uhr sah, waren gerade mal zehn oder zwanzig Minuten vorbei.

~

Als ich am nächsten Morgen im Laden anrief, hieß es, ich könne einfach nicht fehlen, Manni sei auch nicht da – also war es die Kartoffelsuppe gewesen, es hatte ihn auch erwischt. Der Chef versuchte, mir ein schlechtes Gewissen zu machen, aber das gelang ihm nicht. Er fand, wenn ich es bis zur Telefonzelle geschafft hätte, würde ich es auch in den Laden schaffen, aber ich erklärte ihm, ich sei keinem Kunden zuzumuten, er solle mir glauben, er wisse doch, dass ich zuverlässig sei – noch immer ging es mir so schlecht, dass ich nichts für die Probleme anderer Leute übrighatte.

Nach Stunden, in denen ich einfach nur geradeaus schaute, zum Tisch, zur Wand, zum Fenster, während ich immer wieder einschlief unter der nass geschwitzten Decke, die ich dann und wann umdrehte, machte ich mir einen Tee, aß ein Stück trockenes Brot und wartete darauf, dass mein Magen wieder rebellieren würde, aber das geschah nicht, also war ich auf dem Weg der Besserung.

Ich hörte Radio, bis ich wieder einschlief, und verbrachte den Dienstag auf die gleiche Weise, nur mit dem geringen Unterschied, dass ich etwas Brühe trank und eine Scheibe Brot aß, dass das Fieber verschwand und ich die Bettwäsche wechseln konnte, ohne sie gleich wieder nass zu schwitzen.

~

Irgendwie hatte ich geschafft, es nicht bis zu meinem Bewusstsein vordringen zu lassen, dass die gleichzeitige Abwesenheit von Manni und Sylvie nur eines bedeuten konnte: Sie waren zusammen vom Fest verschwunden. Also überraschte mich der Inhalt des Briefes nicht wirklich, den ich am Mittwoch aufriss, aber dennoch war er niederschmetternd, denn Wissen und Wissen sind offenbar zweierlei – solange ich mir hatte einreden können, ich bilde mir das nur ein, war es irgendwie mein Fehler gewesen, so etwas Dummes für möglich zu halten, danach, nachdem ich den Brief gelesen hatte, war es nicht mehr nur möglich, sondern wahr und nicht mehr mein Fehler, sondern mein Pech.

Simon, der Schatz,
nachdem ich dir nun lange genug mit Klageliedern über mein verpfuschtes Liebesleben in den Ohren gelegen habe, kann ich jetzt endlich mal Erfreulicheres verlauten lassen: Erinnerst du dich, dass ich geschrieben habe: »Ich muss in den Kerl verliebt sein«? Ich glaube, das ist passiert. Und ich verdanke es dir. Dein Freund Manni ist die Belohnung, die ich mir vielleicht mit all dem Krampf der letzten Wochen verdient habe.

Schon als ich ihn spielen sah, war die Welt auf einmal irgendwie farbiger, und ich fühlte mich, als wäre ich nicht mehr auf Abwehr, sondern auf Empfang geschaltet. Zuerst dachte ich, es läge an der Musik und daran, dass du, mein Seelenfreund, bei mir bist und mir diesen schönen Abend schenkst, aber später, auf der Party im Proberaum, merkte ich dann, dass sich das Gefühl verstärkte, wenn Manni neben mir stand.

Na ja, das ist jetzt ein bisschen verblümt ausgedrückt, du weißt schon, ich fand ihn gleich toll, auf der Bühne, und dann aus der Nähe eben immer noch. Ich belästige dich nicht mit Schlüpfrigkeiten, keine Angst, versprochen ist versprochen, nur so viel: Wir sind dann bald von der Party verschwunden, und die Nacht war kurz.

Ich hatte nicht mal Zeit für ein schlechtes Gewissen dir gegenüber, dass ich einfach so flitze, ohne mich von dir zu verabschieden, oder besser: Die Zeit war nicht das Problem, ich habe einfach nicht mehr an dich gedacht. Ich habe an gar nichts mehr gedacht. Es war eine kurze und besonders schöne Nacht.

Wir sind am Sonntag dann zu mir nach Lindau gefahren, und auch davon erzähl ich dir keine Frivolitäten, inzwischen ist Montagabend, und er ist immer noch da, und ich bin immer noch verliebt, aber jetzt denke ich wieder an dich und sitze am Küchentisch, um dir zu schreiben, wie gut du mir getan hast. Ich höre Mannis Schnarchen, und daran, dass ich das für ein charmantes Geräusch halte, merke ich einmal mehr, dass ich jetzt gerade mal Glück gehabt habe. Danke.

Die Fotoalben bringe ich bei nächster Gelegenheit.

Ich umarme dich, deine Sylvie

Ich brauchte eine Weile, um zu begreifen, dass ich nicht nur niedergeschlagen war, sondern auch erleichtert, das Ganze fühlte sich auf einmal nicht mehr an wie ein Strudel, in den nur ich gerissen worden war, während Sylvie vom Rand aus zusah, wie ich strampelte und um mich schlug, es schien auf einmal alles aufgeräumt, logisch, ein Dreieck wie im Roman: Sie liebt Manni, ich liebe sie, und da Manni kein Arschloch ist, kann ich das ertragen. Ich beneide ihn zwar, ich missgönne ihm auch, was er hat, und würde es ihm jederzeit wegnehmen, wenn ich könnte, aber solange es so ist, wie es ist, werde ich damit leben, und ich verliere Sylvie nicht. Sie bleibt in meiner Nähe.

Und dann hörte ich mich im eigenen Kopf argumentieren: Ich soll zu jung sein, aber Manni nicht? Er ist gerade mal ein Jahr älter als ich. Und ich hörte ihre Antwort: Es gibt längere und kürzere Jahre. Und ich hörte mich prophezeien, dass das Schnarchen nicht immer ein charmantes Geräusch bleiben würde, dass sie sich jetzt nur Hals über Kopf verliebe, um den Schock des Mordes abzumildern oder der Trauer um ihren Mann zu entgehen, dass sie sich aus lauter Verwirrtheit in eine Liebe flüchtete, die keinen Bestand haben würde, und etliches Tantenhaftes mehr – irgendwann wollte ich mir eine innere Hand vor den inneren Mund halten, um diesen kleinlichen Sermon zu unterbrechen, aber er ging weiter, so wie zwei Tage zuvor die dümmlichen Melodieschleifen.

1975

Es dauerte ein paar Monate, aber ich gewöhnte mich dann doch daran, dass Sylvie und Manni ein glückliches Paar waren, dass sie irgendwann eine gemeinsame Wohnung in Konstanz bezogen, sich vor meinen Augen küssten und einander an die Wäsche gingen oder sich in ihr Schlafzimmer verzogen, dass sie unzertrennlich und unzerbrechlich schienen und dass Sylvie ganz offenbar Mannis Muse wurde, denn er schrieb Songs wie am Fließband, hatte immer mehr Erfolg mit seiner Band, spielte immer öfter in den größeren Städten, Freiburg, Karlsruhe, Stuttgart und Heidelberg, und ich hatte Sylvie nur dann für mich, wenn er unterwegs war.

Briefe gab es keine mehr zwischen uns, denn wir sahen uns ein paarmal in der Woche, wenn sie in den Laden kam oder für Manni und mich und die Musiker kochte. Es fühlte sich bald an wie ein Familienleben, in dem ganz von selbst Manni und ihr die Elternrolle zugefallen war und die Band und ich uns als Kinder gebärdeten, die nörgelten, frotzelten, Ansprüche stellten und sich so lange aus der Verantwortung für irgendwelche gemeinsamen Unternehmungen stahlen, bis sie darauf gestoßen wurden und sich murrend fügten.

Ich war Sylvies Lieblingskind. Oder Mannis Schwager. Wir waren Vertraute, die einander berieten und unterstützten, und, obwohl meine Eifersucht nie ganz einschlief und ich mir das Bild von Sylvie, wie sie nackt an der Quelle gestanden hatte, immer wieder vor Augen führte, ging es mir gut, wenn ich mit beiden zusammen war, und ich vergaß die meiste Zeit, dass ich Sylvie eigentlich für mich allein wollte.

Sie hatte einen Geschäftsführer eingesetzt und fuhr nur einen oder zwei Tage in der Woche nach Lindau, um die Buchhaltung für die Apotheke zu machen oder die Rechnungen zu bezahlen. Den Rest der Zeit verbrachte sie mit dem Management von Sinkin Ship, und sie machte ihre Sache gut. Die Plakate waren professionell, die Verträge, die sie entworfen und immer wieder modifiziert hatte, ebenfalls, und die Auftritte, die sie akquirierte, wurden immer mehr und immer besser bezahlt, sodass Manni bald nur noch vier Tage in der Woche im Laden war, weil er Freitag bis Sonntag spielte. Der Bassist war Student und ließ die Uni einfach langsamer angehen, der Schlagzeuger arbeitete als Gärtner in der Firma seiner Eltern und konnte weg, wann es nötig war, und der Sänger hatte seinen Job in einem Steuerbüro geschmissen und fuhr Arzneimittel aus.

Wenn sie nicht gerade am Wochenende nach Lindau musste, verbrachte Sylvie die Abende oft mit mir – anfangs war sie natürlich zu den Auftritten mitgefahren, aber das wurde eintönig, und die Band brauchte keinen

Roadmanager. Wir kochten gemeinsam oder gingen ins Kino und hinterher am Seeufer spazieren – es war eigentlich eine Art Wochenendbeziehung, nur eben ohne das Wichtigste: Sex.

Es machte mir nichts aus, dass sich seit dem Ausflugsintermezzo mit Anke im letzten Sommer nichts mehr in dieser Richtung ereignet hatte – mein Sexualleben spielte sich in diskreter Autarkie ab mit Sylvie vor dem inneren Auge und ihrem Patschuliduft, den ich bei jeder Gelegenheit tief einatmete, als könnte ich ihn so eine Zeit lang behalten, in der inneren Nase.

~

Wir hatten den Film *Cousin, Cousine* gesehen, es war Ende März und so windig, dass Sylvie ihren Borsalino mit einer Hand festhielt und sich mit der anderen bei mir unterhakte.

»Hast du noch Hunger?«, fragte sie, und ich nickte nur, denn es war ohnehin klar, dass wir nach dem Kino nicht einfach auseinandergehen würden. Das tat man nicht. Einen Film ließ man gemeinsam einsinken, erinnerte sich gegenseitig an einzelne Szenen, lobte was, bemängelte was, spielte was nach, es kam nicht infrage, sich nach dem Kino ohne Gespräch zu trollen.

»Ich mach aus den Resten eine Suppe«, sagte sie, »ich hab noch Bohnen, Nudeln und Karotten übrig. Und Brot.«

»Und wenn du grünen Pfeffer hast, schmeißen wir den rein, dann spucken wir hinterher Feuer«, sagte ich.

»Und schlafen schlecht«, sagte sie.

»Und morgen früh erst.«

»Stop«, sagte sie, »das macht jeder für sich alleine« und schloss die Haustür auf.

Wir fanden keinen Pfeffer und schnitten stattdessen zwei Kartoffeln in kleine Würfelchen, sodass es eine Art Gaisburger Marsch ohne Fleisch wurde. Wir saßen in der Küche, hörten aus dem Wohnzimmer leise, um die Nachbarn nicht zu stören, *Wish you were here*, das neue Album von Pink Floyd, tranken Rosé aus Frankreich und bliesen auf unsere Löffel, um uns nicht den Mund zu verbrennen.

»Bist du nicht vielleicht doch schwul?«, fragte sie irgendwann, ohne mich dabei anzusehen – sie studierte das, was auf ihrem Löffel schwamm: eine Nudel, eine Bohne und zwei Streifen Karotte.

»Wär dir das lieber?«

»Nein, wieso?«

»Egal«, sagte ich, »ich könnte ja auch nicht dir zuliebe schwul sein. Ich bin's jedenfalls nicht.«

»Dann brauchst du eine Freundin.«

»Wieso? Ich hab doch dich.«

»Ja. Aber für alles andere.«

Wir schwiegen eine Zeit lang. Anfangs wusste ich nicht, ob mir das nun zudringlich von ihr vorkam oder fürsorglich, ob sie mich verkuppeln wollte oder mir ins Gewissen reden, eigentlich wusste ich nicht einmal, ob das ein Thema war, das wir beide besprechen sollten, aber je länger ich darüber nachdachte, desto ärgerlicher wurde ich. Oder trauriger. Ich verstand nicht, was genau ich fühlte, aber es war nichts Gutes.

Sie schien das zu spüren, denn sie sagte nichts mehr, ließ unser Schweigen einfach andauern, bis sich dessen ungute Anteile wieder verflüchtigt hatten, und erst dann, als alles wieder ruhig und selbstverständlich war, fragte sie: »Denkst du manchmal noch an deinen Vater?«

»Ganz selten. Alle paar Wochen fällt er mir mal ein. Das Bild mit seinem Freund schau ich mir manchmal an, und dann wundere ich mich immer noch darüber, dass er mal ein Kind war.«

»Ich denk überhaupt nicht mehr an Konrad«, sagte sie, und es klang traurig. Oder schuldbewusst.

~

Im letzten Dezember waren wir noch einmal nach Freiburg zur Polizei gefahren, und dort hatte man uns keine Hoffnung mehr machen wollen. Alle auch nur denkbaren Ansätze seien ausermittelt, aus keinem habe sich eine halbwegs verfolgbare Spur ergeben, nirgends ein Anhaltspunkt, es sei zwar unerträglich, aber es habe den Anschein, dass der oder die Täter nicht zur Verantwortung gezogen werden konnten. Natürlich werde man, sobald sich eine Tat mit ähnlichem Muster zeige, den Fall wieder aufrollen, aber einstweilen habe man nichts mehr in der Hand, aus dem sich auch nur die kleinste Chance auf Erkenntnisse ergebe.

»Er hat recht«, sagte Sylvie, als wir wieder draußen waren und unsere Kapuzen über die Köpfe zogen.

»Womit?«

»Es ist unerträglich.«

~

Wir waren nicht sehr oft in der Hütte, aber ich versuchte, sie, so gut es ging, instand zu halten, denn ich hatte Mannis Verkaufsverbot beherzigt, obwohl ich nicht wusste, was ich mit der entlegenen Immobilie anfangen sollte.

Anfang Mai besserten Sylvie und ich das Dach aus. Ich hatte mir das selbst nicht zugetraut, aber Sylvie sagte, wir schauen uns das an und sehen, wie es gemacht ist.

Was soll daran so schwer sein. Und sie hatte recht. Es war einfach. Zumindest für sie, die dabei ein Geschick an den Tag legte, das mich überraschte. Ich holte die Ersatzschindeln aus dem Keller, und sie hebelte behutsam die morschen Exemplare ab und nagelte die neuen an.

»Ich muss dich was fragen«, sagte sie irgendwann, ohne von ihrer Arbeit aufzusehen – sie wandte den Kopf immer nur, wenn ich dran war, ihr eine neue Schindel zu reichen und die morsche von ihr entgegenzunehmen. Anfangs hatte ich die alten Schindeln einfach in den Wald geschleudert, aber irgendwann tat Sylvie ihre Missbilligung kund: »Du machst einen Slum aus dem schönen Platz.«

»Frag«, sagte ich.

»Ein alter Verehrer von mir ist bei der Intercord in Stuttgart. Er ist ein Angeber und Blödian, ich hab ihn immer ignoriert, aber er hat, solang wir uns in der Schule über den Weg laufen konnten, nicht aufgegeben, an mir herumzugraben. Später ist er sogar noch nach Tübingen gekommen, weil er von einer Klassenkameradin erfahren hat, dass ich da studiere.«

»Was hast du studiert?«, fragte ich, obwohl mir klar war, dass das vom Thema wegführte.

»Pharmazie. Drei Semester, dann hat's mir gereicht. Und ich hab Konrad wiedergetroffen, der schon mein Teenagerfreund war.«

»Intercord ist eine Plattenfirma, oder?«

»Ja.«

»Und?«

»Na, liegt das nicht auf der Hand?«, sagte sie, und jetzt sah sie sogar kurz zu mir her, vielleicht um sich zu vergewissern, dass ich nicht inzwischen verblödet war. »Wenn ich mich bei dem melde und wenn er immer noch so wild hinter mir her ist wie früher, dann könnte ich vielleicht was für Mannis Band erreichen.«

»Und?« Ich hatte aus irgendeinem Grund, den ich selbst nicht verstand, keine Lust, ihr das Aussprechen der Worte abzunehmen, die sie offenbar vermeiden wollte.

»Du tust nur so vernagelt, oder?«

Das tat ich wirklich, denn ich hatte schon begriffen, dass der Typ sich Hoffnungen auf sie machen konnte, wenn sie mit einem solchen Anliegen zu ihm käme, aber ich fand das Ganze auch degoutant und so platt wie aus einem Kitschfilm, dass es mir schwerfiel, es ernst zu nehmen.

»Er wird dir doch nicht grad einen Deal vorschlagen«, sagte ich, »Mannis Plattenvertrag gegen eine Nacht mit dir. Das ist doch irgendwie Fünfzigerjahre.«

»Das glaubst du«, sagte sie und reichte diesmal ihre Hand in meine Richtung, ohne herzusehen, »ich glaube, genau das wird er tun. Und er wird's nicht mal aussprechen müssen. Es liegt dann sozusagen in der Luft.«

»Dann lass ihn doch glauben, dass er dich kriegt, und halt ihn hin, bis Manni den Vertrag hat.« Mit dem Ton, in dem ich das sagte, stimmte etwas nicht, das hörte ich selbst, aber ich wusste nicht, wie ich es hätte anders klingen lassen können als verärgert und belästigt. Es ging mir an die Nieren. Die Vorstellung, dass Sylvie sich im Bett eines Unsympathen mit geheuchelter Begeisterung rekeln würde, war grässlich. Und ich wandte meinen Abscheu, der eigentlich dieser Vorstellung galt, gegen Sylvie, obwohl sie doch für Manni eine Art Engel wäre. Der im Hintergrund sein Glück befördert. Ohne Rücksicht aufs eigene Empfinden.

»Ich hab den Eindruck, dass ich mit dir darüber nicht reden sollte«, sagte sie, und es klang enttäuscht.

»Es gibt auch noch andere Plattenfirmen«, sagte ich nur lahm.

Wir wechselten das Thema und kamen nie wieder darauf zu sprechen.

~

Die kleine Szene auf dem Schindeldach fiel mir wieder ein, als Manni eines Morgens in den Laden kam und, breit grinsend, sagte: »Wir machen Demos nächste Woche. Die Intercord zahlt das Studio in Ludwigsburg. Vier Tage.«

Es war Sauregurkenzeit, die großen Ferien hatten angefangen, und wir räumten schon wieder um, weil sowohl akustische Gitarren als auch die neuen elektronischen Instrumente wie String-Ensemble und Minimoog immer gefragter wurden und mehr Platz brauchten.

Ich antwortete nicht gleich, weil ich sofort zwei einander abwechselnde Filmchen vor meinem inneren Auge hatte: Sylvie, kniend vor einem gegelten Lackmeier, der sich, dabei eine Zigarre rauchend, von ihr einen blasen ließ, und Sylvie, kniend wie ein Hündchen vor demselben Typen, der sie von hinten nahm, während er etwas in ein Diktafon sprach. Irgendwann raffte ich mich zu einer Antwort auf: »Wie viele Stücke?«, fragte ich.

»Vier vielleicht«, sagte Manni, »höchstens fünf. Es muss gut sein.«

»Ihr seid gut«, sagte ich, »ihr braucht bloß so zu spielen wie immer.«

»Der Mann von Intercord hat uns schon live gehört, er kennt das Material. Bei den Demos geht's eher ums Potenzial, darum, was man mit Arrangements noch daraus machen kann. Zweite Stimmen und Chöre und Overdubs und das alles. Die Firma stellt uns einen Produzenten. Mal sehen, was der sagt.«

Wir mussten arbeiten, weil Herr Berner jetzt auch aus der Mittagspause gekommen war, und ich hatte keine

Zeit mehr, meine inneren Filmchen anzusehen. Lust darauf hatte ich auch keine, aber mir war klar, dass ich mich vor mir selbst lächerlich machte. Immerhin hatte ich Sylvie einst zum Flittchenpraktikum geraten, was sollte denn jetzt daran schlimm sein, wenn sie ihre Attraktivität für Mannis Fortkommen einsetzte? Das war eine gute Tat und sonst nichts. Und ins Bett gehen konnte sie ohnehin, mit wem sie wollte. Das ging mich nichts an. Die innere Betschwester verstummte für ein Weilchen, aber nicht für lange. Abends im Bett sah ich wieder die Filme.

~

Am See, noch immer in den Ferien, ich saß mit Manni, Sylvie, dem Bassisten und ein paar Leuten, die ich nur flüchtig kannte, im Gras und sah den letzten Booten bei ihrer Rückkehr zu, da hörte ich Schritte näher kommen, die ich, ohne den Kopf zu wenden, auf mich bezog. Wir hatten seit einiger Zeit geschwiegen – die Stimmung war gedrückt, obwohl Manni und der Bassist einen Joint rauchten, was sie sonst eher albern und glückselig machte, aber diesmal war Mannis deprimierte Stimmung stärker – er war unglücklich wegen der Demos. Der Produzent habe alles seicht und süß gemacht, alles so in Richtung Eagles und Little River Band getrimmt und nicht mit sich reden lassen. Rock sei out, habe er gesagt, außer Status Quo sei niemand mehr im Spiel, sie müssten frischer klingen, sonst hätten sie keine Chance im Radio. Airplay hatte er das genannt – es gäbe kein Airplay, wenn man mit altem Zerrgitarrenrock antrete. Sylvie, die ein paar Meter weiter weg saß, hatte nichts dazu gesagt, auch sie schien deprimiert und irgendwie kraftlos, vielleicht dachte sie darüber nach, dass ihr Opfergang auch noch umsonst gewesen sein könnte.

Ich wollte Manni aufmuntern, obwohl mir seltsamerweise ganz egal war, wie er sich fühlte – diese Demos waren etwas, das nicht in Ordnung war, ungültig, falsch.

»Eagles sind doch nicht übel«, sagte ich.

»Smokie mit Abitur«, schnaubte er verächtlich, und ich musste lachen und wandte mich um. Anke war in ein paar Metern Entfernung stehen geblieben. Ich lächelte, sie lächelte zurück und kam her. »Darf ich?«, sagte sie.

»Klar«, sagte ich, und sie setzte sich neben mich ins Gras, griff über meinen Schoß hinweg nach der Weinflasche, die neben mir stand, sodass die anderen auch drankommen konnten, und mir fiel auf, dass ich mit einigem Abstand zum Rest der Gruppe saß. Wie der Snob, der sich für was Besseres hält, aber nicht allein sein kann.

Mit einem kurzen Blick zu Sylvie sah ich, dass sie weiter aufs Wasser schaute, aber ich wusste, dass sie von Ankes Erscheinen Notiz genommen hatte.

»Lange nicht gesehen«, sagte Anke, als sie die Flasche absetzte und mir reichte.

»Warst du weg?«

»Nein, oder besser nur eine Woche. In Arles.«

»Und wie war's?«

»Voll. Aber schön.«

Eine Zeit lang plänkelten wir so hin und her, sahen einander nicht an, sondern ließen die Blicke übers Wasser schweifen, streiften dabei Themen, die uns beide nicht so recht interessierten, die Mensa, das Beese Miggle, Evas Studium seit Januar in München und schließlich Ankes Klavierlehrerin, die sie vermissen werde, weil sie demnächst nach Hamburg ziehe, wo sie sich für Romanistik und Kunstgeschichte einschreibe.

Eine Zeit lang lagen wir schweigend auf dem Rücken, hörten das Glucksen der Wellen und versuchten (jedenfalls ich versuchte das), die deprimierte, lustlose

Stimmung von Manni und Sylvie nicht an uns heranzulassen, bis Anke sagte: »Ich hab ewig gewartet, dass du dich meldest.«

Ich schwieg, ich wusste nichts darauf zu antworten, dann spürte ich ihre Hand, die nach meiner griff, und ich fragte, ohne lang zu überlegen: »Gehen wir?«

»Ja«, sagte sie, und ihre Hand drückte ein wenig fester zu.

Ich spürte Sylvies Blick in meinem Rücken, als wir gingen, und war mir gleichzeitig sicher, dass sie weiter aufs Wasser schauen würde. Ankes Hand hatte ich losgelassen. Erst hinter der nächsten Ecke fasste ich wieder danach, und sie entzog sie mir nicht.

Bevor wir um diese Ecke gebogen waren, hatte ich noch Knut gesehen, der auf einer Bank saß und nicht in Richtung der Clique um Manni schaute. Jedenfalls nicht in dem Moment, als ich ihn bemerkte. Mich schien er nicht gesehen zu haben, und ich hatte was Besseres vor, als mit ihm zu plaudern, ich steuerte zielstrebig die Gasse an, um zwischen den Häusern zu verschwinden.

»Schüchterne Männer sind scheiße«, sagte Anke irgendwann. Wir hatten den Weg zu meiner Wohnung eingeschlagen.

»Andere auch«, sagte ich.

Sie lachte.

~

Sylvie sah ich in der folgenden Woche nur einmal, als sie in den Laden kam, um Manni etwas zum Unterschreiben zu bringen – sie lächelte mir zu, während sie an der Kassentheke lehnte und auf Manni wartete. Ich lächelte zurück, winkte und konzentrierte mich wieder aufs Auspacken des Stimmgerätes, auf das ich mich schon seit Tagen gefreut hatte – es würde mir die Arbeit sehr erleichtern, auch wenn ich noch nicht so recht wusste, wie ich den Kompromiss zwischen reiner und temperierter Stimmung hinkriegen sollte. Ich brannte darauf, es auszuprobieren, und verzog mich damit nach hinten zu den Klavieren.

~

Ich verbrachte jede Nacht mit Anke. Wir hatten uns nicht zum Paar erklärt, sie würde ja gleich nach Hamburg verschwinden, aber wir benahmen uns wie eines, das die letzten Tage vor der Trennung noch auskostet und nichts auslassen will. Vielleicht war ich sogar ein bisschen verliebt in sie, sie gefiel mir, sie war schön, sie lachte viel und brachte mich zum Lachen, und wir schliefen nicht nur nachts miteinander, sondern zweimal auch in der Mittagspause. Ihre Eltern waren verreist, niemand störte sich daran, dass sie nur tagsüber zu Hause war.

Mit Anke holte ich in dieser Woche alles nach, was mir im letzten halben Jahr gefehlt hatte – ich wusste zwar, dass man nicht auf eine Art Sexkonto einzahlen und später vom Ersparten leben kann, aber ich hatte ein sattes, zufriedenes und gleichzeitig beflügeltes Gefühl, an das ich mich erinnern wollte, wenn ich wieder allein wäre.

Unser Abschied war melancholisch. Am Sonntagvormittag kam sie zu mir, wir legten uns nackt ins Bett und hielten einander nur in den Armen. Am Nachmittag sollten ihre Eltern zurückkommen, und am Montagmorgen würde ihr Vater sie nach Hamburg fahren.

»Vermiss mich«, sagte sie an der Tür, als wir uns zum Abschied küssten.

»Das werd ich«, sagte ich, »ich tu's jetzt schon.«

»Bleib so«, sagte sie ernst, und ich antwortete ebenso ernst: »Das wird wohl nicht gehen.«

Sie lächelte, drehte sich um und ging die Treppe hinunter. Ich sagte noch: »Danke«, und sie hob die Hand, winkte, ohne noch einmal zu mir herzusehen: »Gern geschehen.«

Sie war noch nicht um die Ecke gebogen, da fiel mir Sylvies Satz ein, es sei vielleicht bei Männern anders, sie fänden den bindungslosen One-Night-Stand ganz toll – sie hatte recht. Ich fühlte mich großartig. Frei und erfüllt und belohnt, wofür auch immer – es war zwar kein One-Night-Stand gewesen, sondern eine ganze Woche, aber Anke und ich wussten, dass es für uns keine Zukunft gab, was uns nicht davon abgehalten hatte, die Gegenwart zu genießen.

~

»Ist das was Festes?«, fragte Sylvie ein paar Tage später, als wir uns zufällig auf der Straße trafen.

»Mit Anke?«

»Gibt's noch andere?«

»Nein, nur Anke. Und das ist auch schon wieder vorbei.«

»Schade. Sie schien mir nett zu sein.«

»Ist sie. Aber in Hamburg.«

Sylvie sah mich einen Moment lang forschend an: »Tust du nur so, oder ist es dir wirklich egal?«

»Es ist halt so, wie es ist. Sie ist in Hamburg, ich bin hier, und wir sind kein Liebespaar, wir hatten nur eine tolle Woche miteinander.«

»Willst du dich gar nicht verlieben?«

»Kann man das wollen?«

»Ja, sicher. Ob's dann klappt, steht woanders geschrieben, aber wollen kann man es schon.«

Ich wusste nichts darauf zu antworten. Das war inzwischen oft so. Wenn wir miteinander redeten, hatte Sylvie irgendwann das letzte Wort, und es war irgendwie schiefgegangen. Wir hatten einander nicht erreicht. Ganz im Gegensatz zu den Briefen, die wir früher gewechselt hatten – darin waren wir wie Seelenverwandte gewesen. Klar und vertrauensvoll. Die Gespräche landeten immer in Sackgassen.

»Ich vermisse deine Briefe«, sagte ich, ohne das gewollt zu haben. Mir war einfach der Gedanke durch den Mund nach draußen spaziert.

»Ich schreib dir einen pro Woche«, sagte sie und lächelte. »Aber du musst antworten, okay?«

»Okay«, sagte ich, »versprochen.«

Sie fuhr mir wieder, wie damals auf der Hütte, kurz durch die Haare und sagte: »Muss los.« Und ging zielstrebig und ohne sich noch einmal nach mir umzusehen über den Platz.

An den Unverliebten stand auf dem Umschlag, der am nächsten Morgen ohne Briefmarke in meinem Kasten lag.

Das ist schon komisch. Wenn wir miteinander reden, bist du manchmal mürrisch und kurz angebunden, du gibst mir das Gefühl, was Falsches zu sagen, dich zu stören oder zu ärgern. Es fließt einfach nicht. Und als wir uns geschrieben haben, warst du voller eleganter Wendungen, freundlicher Teilnahme, Loyalität und Interesse. Deshalb habe ich sofort verstanden, wieso du sagtest, du vermisst meine Briefe. Es geht dir offenbar genauso mit mir. Sind wir vielleicht verbal Hund und Katz und schriftlich Zwillinge? Wenn das so ist, dann dürfen wir nie aufhören, uns zu schreiben, und müssen vorsichtig und vielleicht auch nachsichtig sein, wenn wir zwischendrin miteinander reden.

Ich fühle mich dir so verbunden wie eh und je, auch wenn ich jetzt mit Manni so was wie ein Eheleben habe und man dich, von außen betrachtet, für eine Art Satelliten halten könnte, der mich oder uns beide nur umkreist. Für mich bist du kein Satellit. Falls ich die Sonne wäre, wärst du mindestens mein Mond. Eher neige ich zu dem Bild: Ich bin der Mond und du die Sonne, aber das muss dir nicht einleuchten.

Ist auch egal, ob Sonne und Mond das richtige Bild sind, es geht darum, dass du in meiner Haut steckst. Bitte versteh das jetzt nicht schlüpfrig, du weißt, so ist das nicht gemeint, andersherum stimmt es ja vielleicht auch, und ich stecke in deiner Haut. Falls ja, dann hast du vielleicht gespürt, dass es mir in den letzten Tagen nicht besonders gut geht.

Das liegt nicht an deiner Affäre, darüber freue ich mich, endlich hast du mal wieder was Lebendiges an dich herangelassen, es liegt daran, dass ich, seit ich im Frühjahr zu dir gesagt habe, ich denke nicht mehr an Konrad, immer wieder und in der letzten Zeit immer öfter eben doch an ihn denke. Es ist fast so, als käme er zurück, als wolle er noch was von mir, als sei ich ihm was schuldig und müsse finden, was das ist, weil er nicht reden kann. Er kann nur da sein und warten, bis ich darauf komme. Es ist ein bisschen irre.

Und es stört mein Leben mit Manni. Auf einmal vergleiche ich die beiden miteinander, und dann kommt mir Konrad einfühlsamer und aufmerksamer vor, nicht so abwesend und immer im eigenen Kopf unterwegs. Dabei kann das doch gar nicht sein. Er war scharf auf Männer und musste mit seiner Seele oder mindestens mit seinen sexuellen Regungen ganz weit weg von mir unterwegs sein.

Versteh mich bitte nicht falsch, ich bin nicht auf die Musik eifersüchtig. Ich will nicht, dass Manni mich für so abendfüllend hält, wie es seine Musik für ihn ist. Ich weiß, dass ein Künstler dort ist, wo seine Kunst entsteht, wo auch sonst. Das ist kein Hobby, wenn man es so gut wie Manni macht, es ist eine Berufung. Aber manchmal scheint er regelrecht überrascht, *mich zu sehen, so als hätte er im Moment keine Ahnung, wer ich bin. Das kränkt mich dann für einen Augenblick.*

Und in solchen Augenblicken überkommt mich die Erinnerung an Konrad wie ein Schock. Als würde ich in diesem Moment erst erfahren, dass er tot ist. Oder als würde ich es in diesem Moment erst begreifen. Ich habe dann das Gefühl, ich würde nicht mehr einatmen und müsse gleich umfallen. Das passiert natürlich nicht, und diese Momente gehen auch immer vorbei, aber dass sie immer wieder auftauchen, macht mir Angst. Habe ich Konrad vielleicht verdrängt? Und drängt er sich jetzt zurück in mein Bewusstsein?

Das Management für die Band ist ein richtiger Beruf geworden. Ich muss manchmal aufpassen, dass ich meine Apothekenpflichten nicht vernachlässige. Schließlich ernährt uns der Laden. Die Honorare für die Band gehen alle in besseres Equipment, da springt noch keine Salami heraus.

Jetzt fließt es wieder. Ich hoffe, dir geht's auch so.

Deine Sylvie

Steckte sie unter meiner Haut? Außer in meinen Phantasien, in denen wir uns allen erdenklichen Ausschweifungen hingaben, empfand ich die Nähe zu Sylvie wohl eher nicht als etwas Körperliches, vielleicht empfand ich es sogar nicht einmal als Nähe, wenn ich an sie dachte, es war eher eine Art Allgegenwart in meinem Innern. Ihre Stimme redete mit, wenn meine innere Stimme sich meldete, ihr vermuteter Geschmack zählte mit, wenn ich über irgendetwas urteilen wollte, ihre Bedürfnisse zählten mit, wenn ich irgendeinen Plan machte. Doch: Sie steckte unter meiner Haut. So war das richtig ausgedrückt.

Ich hatte die Schreibmaschine lange nicht mehr benutzt und musste eine Menge Staub abwischen, nachdem ich sie vom Kleiderschrank geholt und auf den Küchentisch gestellt hatte. Erst als ich zu antworten versuchte und immer wieder Blätter herausriss, weil ich schon die ersten Zeilen nicht mochte, wurde mir klar, dass ihr Brief eine Liebeserklärung war. Das vierte Blatt blieb schließlich drin und füllte sich mit Worten.

Lieber Zwilling,
bin ich denn dann der Hund? Ich wäre ja lieber die Katze, aber ich sehe ein, dass die glamourösere und geheimnisvollere Rolle dir zusteht. Ich nehme dann auch freiwillig den Mond. Sonne ist mir zu kraftvoll. Der kraftvolle Mensch von uns beiden bist eindeutig du. Falls ich jetzt gleich weiser klingen sollte, als ich bin, stör dich bitte nicht dran, mir drängt sich nämlich eine Vorstellung auf, die ich dir unbedingt mitteilen muss: Konrad in Reserve.

Könnte es sein, dass du Konrad immer dann, wenn es nicht so läuft, wie es laufen sollte, aus irgendeiner inneren hinteren Schrankecke herausholst, ihn abstaubst und als den »Besseren« präsentierst? Er ist nicht mehr als Person da, er kann sich nicht mehr dagegen verhalten, er wird deine Idealisierung nie mehr korrigieren. Nur du kannst ihn den Menschen bleiben lassen, der er war, den du kanntest, der dir auch Rätsel aufgab, der sich durch seine Taten und Worte gezeigt und erklärt hat. Jetzt ist sein Einfluss auf dein Bild von ihm Vergangenheit, und du bist diejenige, die allein ihn davor beschützen kann, nachträglich zum Ideal umgebaut zu werden.

Vielleicht klinge ich jetzt wie ein Psychiater und maße mir einen Ton an, der mir nicht zusteht, aber wenn ich schon unter deiner Haut stecke, dann quatsche ich auch rein und bin die Milbe mit dem Text. (Entschuldige das Bild, ist aber zu witzig — ich stelle mir die Stimme vor: ganz winzig klein und piepsig, aber eindringlich und nervtötend.)

Jetzt aber Schluss mit Psycho und Schluss mit Witzen. Ich fürchte, der Schock, den dir der Mord an Konrad versetzt hat, ist einfach noch nicht abgeklungen. Vielleicht wird das noch lange Zeit so sein, dass du überfallen wirst von der Erinnerung an ihn, und wenn mal ein halbes Jahr lang Ruhe war, heißt das noch nicht, dass du es überwunden hast. Ich hoffe, dass es jedes Mal weniger wehtut oder verstörend auf dich wirkt. Irgendwann wird es Vergangenheit sein, und dann denkst du an ihn wie an jemanden, der deine Gegenwart nicht mehr mitbestimmt.

Mir ist mein Vater entglitten. Aber das war er ja vorher auch schon. Allerdings hat das, außer dem Mord, nichts gemein mit dem, was dich immer wieder einholt. Konrad war deine große Liebe. Mein Vater war nur der ferne Vater, den viele hatten, mit einem posthumen Heiligenschein, der ihn mir nicht näher-gebracht hat.

Ich verfasle mich. Das ist kein Brief, das ist eine Sammlung von Notizen, die auch noch irgendwie verschraubt und beleh-rend klingen. Ich schicke ihn aber trotzdem so ab, weil ich schon vier Fehlversuche hinter mir habe und auf diesem Blatt jetzt immerhin viele Buchstaben stehen.

Ich bin in mich gegangen und habe dich gefunden. Ja, du bist auch unter meiner Haut. (Vergiss die Milbe, das war ein blöder Witz) Dein subkutaner Simon

Ich stellte die Schreibmaschine ins Regal – sie ragte ein bisschen daraus hervor, es sah unordentlich aus, aber wenn ich ab jetzt wieder jede Woche einen Brief bekäme, würde sie einstweilen nicht verstauben.

Subkutaner Simon,
irgendwas hast du an dir, was mich wieder vom inneren Trampolin holt. Danke. Egal, ob das nun belehrend klang oder du glaubst, es stehe dir nicht zu, mir tut es gut. Es macht mich ruhig.

Sag mal, verschwendest du nicht vielleicht deine Intelligenz mit dem Job als Ladenschwengel und Klavierstimmer? Solltest du nicht studieren? Philosophie oder so was? Oder Psychologie? Es muss ja nicht gleich Theologie sein, obwohl du vielleicht ein

wunderbarer Seelsorger wärst, der verschrumpelten alten Weib-
lein ihren Gott in den schönsten Farben schildert, damit sie vor
der anstehenden Begegnung mit ihm keine Angst haben.

Ich muss dich sehen. Es gibt etwas, das mich durcheinan-
derbringt und das ich nicht schreiben will, und ich will es auch
mit niemandem außer dir besprechen. Kannst du mich aus dem
Laden anrufen, wenn Manni mal nicht danebensteht?

Ach, und noch was: Niemand darf unsere Briefe sehen. Ver-
sprichst du mir das? Ich werde deine niemandem zeigen, und
du sollst es mit meinen ebenso halten. Auch wenn dir mal der
Mensch begegnet, von dem du glaubst, dass er alles verstehen
kann – unsere Verbindung wird er nicht verstehen, die verste-
hen nur wir.

Es klingelte dreimal, bis endlich abgenommen wurde,
und die Stimme, die sich mit »Hallo?« meldete, klang so
atemlos, dass ich mir für einen Augenblick nicht sicher
war, wen ich in der Leitung hatte.

»Sylvie?«

»Ja.«

»Manni ist auf dem Heimweg. Was ist los?«

»Nicht am Telefon. Können wir uns nachher noch sehen?«

»Klar, wann, wo?«

»Ich komm zu dir. Nach acht. Manni probt.«

Das Verschwörerische gefiel mir, es fühlte sich an wie
ein kostbares Privileg, aber ich hatte auch ein ungutes
Gefühl dabei. Ich hätte Manni vielleicht nicht meinen
besten Freund genannt, für diese Bezeichnung wäre mir
niemand eingefallen, aber wenn ich ehrlich sein sollte,
war er mein einziger Freund, und es hatte etwas Illoyales,
mich so extra hinter seinem Rücken zu verabreden.

»Ich bin jetzt einunddreißig«, sagte sie statt einer Begrüßung und ging, noch während sie sich die Jacke von den Schultern zog, zum Kühlschrank, um die letzte Flasche Bier herauszunehmen, zu öffnen und an den Mund zu setzen.

»Ich dachte dreißig«, sagte ich.

»Ich hatte mal Geburtstag inzwischen.« Sie hielt sich die Hand vor den Mund, um den kleinen Rülpser abzumildern, der dem viel zu großen Schluck Bier unweigerlich folgen musste.

»Au. Gratuliere.«

»Jaja.«

Sie sah mich forschend an, trank noch einen Schluck, setzte die Flasche ab und stellte sie auf den Küchentisch. Dann nahm sie meinen Kopf in ihre Hände und küsste mich auf die Nasenspitze.

»Danke für den Brief«, sagte sie. »Überhaupt für alles danke.«

»Gern«, sagte ich, »was ist denn los?«

»Ich bin schwanger.«

Ich glaube, sie versuchte, mir in die Augen zu schauen, vielleicht, um meine Reaktion zu erkennen, aber ich starrte auf den Boden und dachte gleichzeitig, ich benehme mich, als könnte das Kind von mir sein und als wolle ich es nicht haben. Dabei wäre mir nichts lieber gewesen, als ihre Aussage auf mich beziehen zu dürfen. Ich wäre ihr strahlend um den Hals gefallen und hätte das Kind gewollt, und sei es nur, damit wir beide dadurch ein Paar werden mussten.

Ich hatte bis dahin noch nie über Kinder nachgedacht, das war zu dieser Zeit in diesen Kreisen ein Tabu, und auch jetzt ging es mir so blitzartig durch den Kopf, dass es die Bezeichnung »Gedanken« eigentlich nicht verdiente, es waren Bilder, ein Gefühl, die bekannten kleinen Filme, und alles in unglaublichem Tempo.

»Weiß es Manni?«

»Nein.«

»Warum nicht?«

»Weil er kein Kind will.«

»Und du? Willst du?«

»Ich bin einunddreißig.«

Sie machte ein Geräusch, das wie ein Schluchzen klang, aber es war ein tiefes Einatmen. Dann zuckte sie mit den Schultern und sah mich an, als müsste ich die Antwort wissen.

Vielleicht verstand ich ja, was sie meinte, aber ich zeigte es nicht. Sie sollte es sagen.

»Torschluss«, sagte sie, »wenn nicht jetzt, dann vielleicht nie mehr. Es wird gefährlicher, je länger man wartet.«

»Aber willst du?« Ich wusste in diesem Moment nicht, wie ich es genauer ausdrücken sollte, versuchte es aber dennoch: »Oder glaubst du nur, du solltest?«

»Das weiß ich nicht. Es ist alles durcheinander.«

»Trampolin?«

»Eher Achterbahn.«

»Und weißt du denn sicher, dass Manni nicht will? Habt ihr so darüber geredet, dass er eine Ahnung von deinen Wünschen hat? Oder nur so allgemein, als wär's gar nicht euer Thema?«

»Eher Zweiteres«, sagte sie, »aber jetzt kann ich nicht mehr genauer nachforschen.«

»Wieso nicht?«

»Weil er sich jetzt erpresst fühlen würde. Wenn ich schwanger bin und ihn frage, ob er will, kann er doch nicht mehr Nein sagen, oder? Und wenn ich sagen würde, dass ich will, dann doch erst recht nicht.«

»Hast du eine Ahnung«, sagte ich, »vielleicht stellst du ihn dir ritterlicher vor, als er ist?«

Das war gemein. Ich versuchte, auf Mannis Kosten Punkte zu machen, und stellte ihn als Egoisten hin, obwohl es darum nicht ging. Es ging eher darum, dass er als Künstler vielleicht gute Gründe hatte, die Verantwortung für ein Kind zu scheuen. Wer Essen auf den Tisch bringen muss, kann nicht mehr frei über seine Kunst entscheiden. Er muss machen, was Brot heranschafft.

»Hast du noch was zu trinken?« Sie stellte die leere Bierflasche auf den Tisch.

»Nur noch Wein«, sagte ich, »Bier ist hier nicht so geläufig.«

Sie nickte zustimmend, ich nahm eine angebrochene Flasche Weißwein aus dem Kühlschrank und holte ein Glas, während sie sich eine Zigarette anzündete und den Blick nach einem Aschenbecher schweifen ließ. Er lag in der Spüle, ich hatte schnell noch aufgeräumt.

Als ich ihn vor sie hinstellte, stand sie immer noch da wie in den letzten Minuten – die Zigarette brannte inzwischen, das Weinglas stand vor ihr auf dem Tisch – eine Hand hatte sie auf die Stuhllehne gelegt, die andere brauchte sie zum Rauchen, und ihr liefen Tränen über die Wangen. Sie blinzelte nicht, sie hatte das Gesicht nicht verzogen, sie machte kein Geräusch, sah in meine Richtung und ließ diese Tränen einfach herabrinnen. Ich wusste nicht, was ich tun sollte. Ich sah sie nur an.

Jetzt zu ihr hinzugehen, sie in den Arm zu nehmen, zumindest einen Arm um ihre Schulter zu legen wäre sicher richtig gewesen, aber es erschien mir gleichzeitig so peinlich, beflissen, unfreiwillig, die drei Schritte, die ich dazu gebraucht hätte, so theatralisch, dass die Geste selbst nicht mehr helfen konnte, obwohl ich nichts lieber tun wollte, als ihr zu helfen.

Wir standen schweigend so da, bis ich endlich sagte: »Wir müssen rausfinden, ob du das Kind willst. Und wenn du es willst, dann kriegst du es. Und Manni wird dann sehen, wie er dazupasst.«

Ihre Stimme war sehr leise, so leise, dass ich mich unbewusst vornüberbeugte, um ihr näher zu sein, als sie sagte: »Das Kind will mich.«

Jetzt hätte ich sofort mitweinen können, aber das erlaubte ich mir nicht und schaffte es auch, dem anschwellenden Druck zu widerstehen. Sicher waren meine Augen nass, aber ich glaube, Sylvie sah es nicht. Ihr Blick ging nach irgendwohin, an einen Ort, an den ich ihr nicht folgen konnte.

Sie leerte ihr Glas in einem Zug und hielt es mir hin, damit ich es wieder auffüllte. Ich tat, was sie wollte, und jetzt wischte sie sich die Tränen vom Gesicht und lächelte. »Muss sein«, sagte sie.

»Ich trag dich nach Hause, wenn's drauf ankommt«, sagte ich.

Sie lächelte breiter und trank.

Und endlich zog sie den Stuhl unterm Tisch hervor und setzte sich. Ich setzte mich ihr gegenüber und zündete mir eine Zigarette an (inzwischen drehte ich nicht mehr, ich hatte mich an fertige Zigaretten gewöhnt), während sie ihre ausdrückte.

»Und was ist, wenn ich mich dagegen entscheide?«

»Was soll dann sein?«, fragte ich. »Was meinst du?«

»Hilfst du mir dann?«

»Ich helf dir immer, egal, was du tun willst. Ich schieb dir auch das Baby durch den Park und zeig ihm, wie man Klavier spielt.«

Sie schwieg.

»Ich weiß schon«, sagte ich, ohne sie anzusehen, »ich fahr dich auch nach Holland, wenn es sein muss. Aber ich könnte auch mit Manni reden. Vielleicht freut er sich wie noch was und will nichts lieber als Vater werden.«

Sie lächelte wieder. Aber sie lächelte die Tischplatte an, nicht mich. Dann stand sie auf, trank den letzten Schluck Wein und griff nach ihrer Jacke.

»Danke«, sagte sie, »mit dir kann man ja doch reden.«

»Halt«, sagte ich, »du kannst noch nicht gehen, du bist noch nicht blau.«

»Ist das nicht besser?«

»Nein. Ich wollte dich nach Hause tragen.«

»Ein andermal«, sagte sie, lächelte wieder, ging zur Tür und sagte dort noch einmal: »Danke.«

~

Wir fuhren in meinem Renault, weil beim Käfer die Heizung nicht mehr abzustellen war. Das war im Sommer kein Problem, aber jetzt, bei Regen, Nebel und Temperaturen um die zehn Grad, konnte man nicht mit offenen Fenstern fahren. Und schon gar nicht die Strecke von fast siebenhundert Kilometern bis Maastricht.

Sylvie hatte vorgegeben, eine Schulfreundin in München zu besuchen, und war schon zwei Tage vorher nach Lindau gefahren. Dort holte ich sie ab, und wir fuhren über Ravensburg und Sigmaringen nach Stuttgart durch Nieselregen und Wolkenbrüche, und erst auf der Autobahn hinter Pforzheim war der Himmel nur noch grau, und wir mussten nicht mehr jeden unserer Sätze oder Gedanken vom Quietschen und Schnarchen des Scheibenwischers zerreißen lassen.

Ich hatte im Laden behauptet, meine Tante Irmi in Luzern im Krankenhaus besuchen zu müssen, es gehe ihr so schlecht, dass man nicht wisse, ob sie überhaupt durchkomme. Herrn Berner gefiel das nicht, er wurde richtig wütend, aber ich blieb hart, bezichtigte ihn der Herzlosigkeit und schämte mich meiner Lüge nicht ihm, sondern Irmi gegenüber, die ich benutzte, weil ich nun mal eine Ausrede brauchte. Ich versprach hoch und heilig, am Mittwoch wieder zurück zu sein, denn ab Donnerstag würde Manni ausfallen, weil er ins Studio ging, um die Single aufzunehmen, die der Langspielplatte vorausgeschickt werden sollte.

Sylvie hatte nicht mit ihm geredet. Und ich auch nicht, weil sie es mir nicht aufgetragen hatte. Immer wieder, wenn ich mit einem schnellen Seitenblick ihr Profil sah, ihre hochgesteckten Haare, den silbernen Ohrring in Form einer Spirale, ihre manchmal zusammengekniffenen Augen, die versuchten, immer zwischen den Scheibenwischern hindurch die Straße zu sehen, und wenn ich dann ihren Satz »Das Kind will mich« in meinem Kopf hörte, hatte ich ein sehr ungutes, panikähnliches Gefühl. Aber nur kurz. Danach rief ich mich zur Ordnung und sagte mir: Sie weiß, was sie tut. Sie will es so. Es ist ihre Entscheidung. Und dann sah ich sie wieder weinend vor mir stehen, und ihr Satz war wieder da: »Das Kind will mich.«

Wir redeten nicht viel. Sie summte vor sich hin, immer wieder *Me and Bobby McGee* und manchmal auch *Chelsea Hotel*. Ob sie den Zusammenhang zwischen beiden Songs kannte oder sie nur zufällig abwechselnd vor sich hinsang, wusste ich nicht. Ich wollte sie auch nicht danach fragen, denn angesichts unseres Ziels hatte ich überhaupt keine Lust, über Sex zu reden. Cohen erzählt von einem freundlichen Quickie mit Janis Joplin, die zu ihm sagt: Wir sind hässlich, aber wir haben die Musik.

~

Die Fahrt dauerte fast neun Stunden. Wir redeten nicht über Manni und nicht über das, was Sylvie erwarten würde. Sie fragte mich immer mal wieder über mich aus, ob ich stolz auf mich sei, ob ich selbstbewusst sei, ob ich ein Ziel habe oder einfach so vor mich hinleben wolle – ich gab irgendwelche Antworten, an die ich mich gleich danach nicht mehr erinnerte, denn ich konnte den Film nicht stoppen, in dem Sylvie auf einem gynäkologischen Stuhl lag und irgendwer in ihr herumschabte, es war mir unmöglich, mich auf ihre Fragen und den lockeren Plauderton einzulassen. Aber ich tat so, als ob, und kam damit durch. Oder sie tat ebenfalls nur so, als käme ich damit durch.

Über lange Strecken schwiegen wir dann wieder, und ich hatte Zeit, darüber nachzudenken, ob Sylvie nicht vielleicht nur Mannis unspezifisches Nein vorschob, um ihn zu einer Art Sündenbock zu machen für das, was sie selbst wollte, aber nicht zu wollen wagte.

Oder sie dachte an Konrad, dem sie ein Kind verweigert hatte, und glaubte nun, ihm die absurde Konsequenz schuldig zu sein, dass sie auch von einem anderen Mann keines bekam. Aber nein, das war Unsinn. Wenn sie es nicht wollte, dann aus einem Grund, der ihr näherliegen musste als die symbolische Handlung gegenüber einem Toten.

Hätte sie nicht bei mir in der Küche geweint und hätte sie nicht gesagt, das Kind wolle sie, dann wäre mir keiner dieser Gedanken durch den Kopf gegangen. Eine Abtreibung war nichts, was einen aus dem Gleis brachte, es war eine verspätete Art der Empfängnisverhütung. Weiter nichts. Und niemand, den ich kannte, wollte Kinder. Man war der Ansicht, die Welt sei zu schrecklich, als dass man sie noch mehr bevölkern dürfe. Was natürlich eine Ausrede dafür war, sich nicht festlegen zu wollen auf ein spießiges, normales und erwerbsorientiertes Leben ohne das spontane Irrlichtern, das wir uns zumindest vorbehielten, auch wenn wir es weder ausprobierten noch ernsthaft anstrebten, weil auch uns längst die Gewohnheit lieb und wertvoll geworden war.

~

Wir fanden ein Hotel beim Bahnhof, nahmen ein Doppelzimmer, stellten unsere Taschen ab und gingen nach draußen. Hier war das Wetter fast noch sommerlich, ein Rest von Röte noch am Abendhimmel, und wir spazierten durch die Stadt, setzten uns irgendwo an einem Platz in ein chinesisches Lokal, zählten die Gulden, die wir an der Grenze eingetauscht hatten, bevor wir die Speisekarte zur Hand nahmen, und bestellten gebratene Nudeln. Es war unglaublich billig.

Ich erinnere mich, dass die Stadt sehr schön war, Plätze mit Platanen, Kirchen, die ernst und stolz aussahen, eine alte steinerne Brücke – hier und da saßen noch Gäste vor Cafés im Freien, als wir nach dem Essen unsere Schlendertour fortsetzten, aber immer wieder sah ich, dass jemand seine Hände um beide Schultern gelegt hatte – es war nicht mehr wirklich warm. Man trotzte der Kühle, aber war kurz davor, klein beizugeben.

Wir tranken Wein in einer Bar, Sylvie behauptete, holländisches Bier sei nicht der Mühe wert, deshalb schloss sie sich meiner Bestellung an. Dann fanden wir allerdings beide, dass auch der Wein, irgendein Chianti oder Valpolicella, nicht der Mühe wert war.

Sie hatte uns fast die ganze Strecke chauffiert, erst irgendwo zwischen Köln und Aachen war ich eingesprungen und hatte für den Rest der Fahrt das Steuer übernommen, aber sie war nicht müde. Wir redeten noch immer nicht viel, machten uns nur hin und wieder wie ganz normale Touristen auf einen Anblick aufmerksam, aber Sylvies Schritt war schnell, als hätte sie ein Ziel, obwohl sie, wie ein Mauersegler in der Dämmerung, nach links und rechts huschte und so die Stadt zu einer Art Labyrinth machte. Ihr Ziel war es, müde zu werden.

Ich war so müde, dass ich kaum noch die Treppe hochkam, und schlief sofort ein, als wir uns, jeder brav auf seiner Seite, in Unterwäsche ins Doppelbett legten. Irgendwann, mitten in der Nacht, wachte ich auf, weil Sylvie meine Hand genommen hatte.

»Kannst du nicht schlafen?«, fragte ich.

»Doch«, sagte sie, »ich will aber spüren, dass du da bist.«

Einen Moment lang war ich stolz auf meine Beschützerrolle, aber dann musste ich wieder eingeschlafen sein, denn das Nächste, was ich mitbekam, war heller Tag und ein leeres Zimmer.

Ich nehme ein Taxi, bin vermutlich gegen ein Uhr wieder da stand auf einem Zettel, der auf meiner Tasche lag. Ich hatte sie doch fahren wollen, hatte extra an der Grenze einen Stadtplan von Maastricht gekauft, der in Konstanz nirgendwo aufzutreiben gewesen war, nicht an der Tankstelle, wo ich den Shell-Atlas für die Reise bekommen hatte, und nicht in einer der drei Buchhandlungen.

Es gab kein Frühstück im Hotel, also ging ich zum Bahnhof, wo ich am Büfett Tee und Rosinenbrötchen bekam. Kaffee gab es auch, aber der sah aus, als hätte er schon Stunden in seiner Glaskanne auf der Heizplatte gestanden, und lockte mich nicht.

Als ich gegen zehn zum Hotel zurückging, um dort Zigaretten aus meiner Tasche zu holen, die ich vorsorglich eingepackt hatte, weil ich fürchtete, die Marke in Holland nicht zu bekommen, fiel mir ein Zettel an der Tür ins Auge, auf dem in Holländisch und Englisch stand, dass man das Zimmer bis elf Uhr geräumt haben sollte.

Mit Deutsch kam ich nicht sehr weit bei der ziemlich großen Frau hinterm Rezeptionstresen, deshalb versuchte ich es mit Englisch, und das ging. Ich erklärte ihr, ich wisse nicht, ob wir noch eine Nacht bleiben würden, das entscheide sich erst, wenn meine Frau wieder da sei, aber wann genau sie komme, wisse ich leider ebenfalls nicht – die Rezeptionistin schwieg und sah mich immer mitleidiger an. Vielleicht war ihr Blick auch verächtlich, ich konnte ihn nicht deuten, weil sie so wenig sprach.

Schließlich kamen wir überein, dass ich unser Gepäck unten im Flur abstellen könne, und sie würde dem Zimmermädchen sagen, dass es sich alle anderen Zimmer zuerst vornehmen solle.

Ich wusste nicht, wann Sylvie losgefahren war, ich wusste nicht, wann sie drankommen und wie lang das dauern würde, noch nicht einmal, wie das Krankenhaus hieß, ich konnte nichts tun als warten, und zwar so, dass ich den Hoteleingang im Auge behielt, denn ich wusste auch nicht, in welchem Zustand sie hier ankommen würde. Ob ich sie vielleicht stützen musste oder tragen.

Natürlich beachtete mich niemand, aber ich kam mir zusehends blöder vor, als ich da Stunde um Stunde an immer wechselnden Stellen stand, weil es kein Straßencafé gab, in das ich mich hätte setzen können. Je länger ich wartete, desto größer wurde meine Angst. Ich sah sie verblutend inmitten händeringender Ärzte und Schwestern vor mir, die verzweifelt um sie kämpften und von denen keiner wusste, dass er mich holen sollte, damit sie im Augenblick ihres Todes nicht allein wäre.

Ich versuchte mich nicht reinzusteigern, aber das gelang mir immer schlechter, je länger ich da stand und je öfter ich den Platz wechselte, und als schließlich kurz vor zwei ein Taxi vor dem Hotel hielt, aus dem sie Gott sei Dank lebendig und ganz normal ausstieg, muss ich bleich gewesen sein, denn Sylvie begrüßte mich mit einem ähnlich mitleidigen Blick, wie ihn die Hotelfrau vor Stunden gehabt hatte.

»Alles okay«, sagte sie.

»Bleiben wir noch?«, fragte ich, um von meinem Zustand abzulenken. »Ruhst du dich noch aus?«

»Nein, brauch ich nicht. Aber du könntest die erste Zeit fahren. Ich kann mich im Auto ausruhen.«

Ich holte unser Gepäck und bezahlte das Zimmer, wofür meine Gulden gerade noch reichten, dann bestand ich darauf, beide Taschen zum Auto zu tragen, und Sylvies Blick war nun weniger mitleidig als ironisch. »Es ist wirklich alles okay«, sagte sie, als wir das Auto auf dem Bahnhofsvorplatz erreicht hatten und ich die Heckklappe wieder schloss. »Du musst mir jetzt nicht auch noch die Tür aufhalten.«

~

Um unser Schweigen nicht allzu auffällig werden zu lassen, hatten wir das Radio an, und Sylvie drehte sich bald die Rückenlehne ihres Sitzes nach hinten und wandte sich ab, um zu schlafen. Ich drehte das Radio leiser, damit es sie nicht stören würde, aber damals war diese Gefahr noch nicht so groß wie heute, wo die Moderatoren lärmen und johlen und kreischen, um die abgestumpften Hörer auf sich aufmerksam zu machen. Damals klangen die Stimmen warm und dezent – es war eher eine Art Plauderton, in dem die Lieder an- und abgesagt wurden.

Eine Zeit lang hörte ich Radio Luxemburg und genoss die interessantere Musik, bis der Empfang schwach wurde und zuerst WDR, dann später der Südwestfunk am besten klangen.

Sylvie schlief tatsächlich irgendwann und wachte erst auf, als ich auf dem Rasthof Montabaur angehalten, den Motor abgestellt und sie eine Zeit lang angesehen hatte.

»Ja«, sagte sie, »wir essen was. Gut.«

Und auf dem Weg vom Auto zum Rasthaus: »Wir müssen überhaupt nicht drüber reden.«

~

Es war schon Nacht, ich fuhr noch immer, weil ich darauf bestanden hatte und sie froh schien, weiter vor sich hindösen zu dürfen – das Radio lief nicht mehr, weil es uns irgendwann zu viel geworden war –, da sah ich aus dem Augenwinkel wieder dieses stille Weinen. Ihr Gesicht war einfach nass, und weiter war nichts. Sie änderte ihre Haltung nicht, machte kein Geräusch, wischte sich die Tränen nicht ab – sie saß nur da und ließ es geschehen.

Von Stuttgart bis Rottweil übernahm sie das Steuer, dann war ich wieder fit genug und löste sie für den Rest der Strecke ab.

Als wir durch Stockach fuhren, sagte sie: »Ich würde gern die Nacht noch bei dir schlafen, ist das okay für dich?«

»Ja«, sagte ich.

Wir hatten die ganze fast zehnstündige Fahrt über vielleicht zwanzig oder dreißig Sätze gesprochen.

~

Sie nahm wieder meine Hand, aber mein Bett war kleiner als das im Hotel, es war nicht zu vermeiden, dass sich auch unsere Körper berührten. Dass daraus keine erotische Situation werden konnte, nach dem, was sie hinter sich hatte, war klar, aber ich hatte dennoch Angst, mir käme eine blamable Erektion dazwischen und sie könne das für kaltherzig oder stumpf halten.

Nach kurzer Zeit drehte sie mir den Rücken zu, sagte »Nimm mich mal in den Arm«, ich tat es, und wir schliefen ein wie ein altes Ehepaar oder junge Geschwister.

1976

Auf irgendeine Art, die ich selbst nicht ganz verstand, musste ich durch die Woche mit Anke und vielleicht auch die Reise nach Holland an Selbstsicherheit und offenbar auch an Ausstrahlung gewonnen haben, denn kurz darauf interessierten sich auf einmal die Frauen für mich, sprachen mich an, schleppten mich ab, machten es mir leicht, und ich brauchte nur noch freundlich zu sein und mitzukommen.

Manche dieser Liebschaften waren nur kurz, dauerten einige Tage oder Wochen, manche hielten etwas länger, aber so richtig fest wurde keine – ich hatte den Verdacht, ich würde von den Frauen gewogen und für zu leicht befunden. Da mir das recht war und ich das Casanovaleben in vollen Zügen genoss, machte ich mir deswegen keine düsteren Gedanken, sondern fühlte mich privilegiert und verwöhnt und auf eine mir ebenfalls nicht ganz verständliche Art Sylvie irgendwie ebenbürtig.

Manchmal fragte ich sie um Rat, wenn eine der Frauen etwas mir nicht Einleuchtendes verlangte, sagte oder tat, aber so richtig ernst war es nie, weil mir keine von ihnen so wichtig war wie Sylvie, und sie schien das zu spüren, denn ihre Antworten und Ratschläge hatten oft etwas Nachsichtiges und Ungeduldiges, als wäre ich sieben oder acht und käme mit Themen an, die für mich noch nicht von Bedeutung sein konnten.

Wenn ich gelegentlich mein Spiegelbild prüfte, hielt ich mich für gut aussehend und dachte, das sei der Schlüssel zu meinem überraschenden Erfolg, und nur in sehr seltenen Momenten schlich sich der Verdacht an mich heran, es liege an meiner Freundschaft zu Manni, der inzwischen ein Star in der Stadt war, dessen Erscheinen an manchen Orten Raunen und Gekicher auslöste.

Sylvie war enerviert von dem Getue, dem Tuscheln und Gaffen der Schüchterneren und Fachsimpeln der Mutigeren, sie gab sich Mühe, dieses dauernde Anhimmeln und Kokettieren nicht *ihm* übel zu nehmen, aber da ihr das nur manchmal gelang, stritten sie oft, also ging sie irgendwann einfach nicht mehr mit ihm aus.

»Werd bloß nicht berühmt«, sagte sie manchmal zu mir, und ich versprach es.

Unsere Briefe gingen zwar nicht wöchentlich, aber doch so etwa zwei-, dreimal im Monat hin und her, manchmal kurz, manchmal ausführlich, und es bürgerte sich ein, dass wir das, was in ihnen zur Sprache kam, bei unseren Treffen nicht erwähnten. Wenn wir, meist an den Wochenenden, ins Kino gingen oder gemeinsam kochten, redeten wir über unseren Alltag, den eben gesehenen Film, Musik, Mannis unaufhaltsamen Aufstieg, seine immer häufigeren und immer besser besuchten Konzerte, seine penetranten Fans, eine Deutschlandtournee, die Sylvie für den ganzen Mai buchen wollte, weil dann das Album lang genug draußen und hoffentlich im Radio gelaufen sein würde – einfach das, was uns gerade durch den Kopf ging oder am Tag zuvor geschehen war.

Die komplizierteren Gedanken, die wackligeren Gefühle, die Rätsel, die wir uns manchmal selbst aufgaben, blieben den Briefen vorbehalten. Das abgetriebene Kind allerdings kam nie mehr vor, und wenn wir unsere Hollandreise erwähnten, dann so, als wären wir einfach auf einem Ausflug dort gewesen. Um die hübsche Stadt Maastricht zu sehen. Oder die verblüffende Freundlichkeit der Holländer kennenzulernen.

~

Knut hatte sich nach seinem Wehrdienst wieder im Laden beworben, aber Herr Berner wollte ihn nicht mehr, weil sein Sohn, der inzwischen das Sagen hatte, einen weiteren Elektronikexperten suchte. Knut wurde stattdessen Fahrlehrer, und obwohl wir uns manchmal noch über den Weg liefen, berührten sich unsere Leben nicht mehr. Er war in einer anderen Welt unterwegs, er sah anders aus als wir, trug Cordhosen statt Jeans und einen Wildlederblouson, kurze Haare und Polohemden, während Manni, der nur noch drei halbe Tage im Laden war, ganz in schwarzem Leder, langhaarig und bärtig, und ich wie gewohnt in pluderigem Hippiestil herumliefen.

Berner junior hatte mir eindringlich nahegelegt, ein Telefon anzuschaffen, er müsse mich erreichen können, wenn Not am Mann sei, das Mittelalter hätten wir hinter uns und reitende Boten seien schwer zu kriegen, also hatte ich eines bestellt in Grün, weil ich Rot und Beige noch hässlicher fand, und nach sechs Wochen Wartezeit war es tatsächlich gekommen. Und hatte nie geklingelt, bis Sylvie, die schon seit einem Jahr eines hatte, und ich uns angewöhnten, unsere Verabredungen nicht mehr per Zettel, Brief oder Anruf im Laden zu treffen.

Als Knut nachts um halb zwölf anrief und erklärte, er habe die Nummer am Vortag von Herrn Berner bekommen, klang er verschwörerisch und ein bisschen betrunken: »Ich hab deine Astrid am Bahnhof gesehen«, sagte er, »und rate mal, mit wem?«

»Keine Ahnung, mit wem?«

»Für mich sah der aus wie Siegfried Haag.«

»Und wer soll das sein?«

»Das weißt du nicht? Der Tübinger RAF-Mann. Steht auf allen Steckbriefen. Bist du nie in der Post?«

»Ich guck mir die Fetzen jedenfalls nicht an«, sagte ich, und es klang verärgert, als nähme ich ihm seine Beobachtung übel, aber das tat ich nicht. Mir lag nichts an Astrid, und ich hatte vor einem Jahr schon dieselbe Idee gehabt. »Bist du dir sicher?«

»Er sah ihm verdammt ähnlich«, sagte er, »ich guck mir die Fetzen nämlich an.«

»Und warum erzählst du mir das?«

»Nur falls sie dich kontaktiert oder so. Dann bist du vorbereitet und weißt, wie die jetzt drauf ist.«

»Ah, okay«, sagte ich und war jetzt nicht mehr ärgerlich, sondern verlegen. Und als wir nach ein paar Floskeln aufgelegt hatten, wusste ich auch, weshalb. Ich hatte ihn reflexhaft als einen Denunzianten empfunden, dabei war ich damals schon nicht mehr der Ansicht, dass diese Leute irgendwie auf der richtigen Seite seien – ich hielt sie für Verbrecher und Mörder, allerdings noch aus idealistischen Gründen. Die sprach ich ihnen erst später ab.

Astrid meldete sich nicht bei mir, also wurde mir das Dilemma erspart, in das ich geraten wäre, die Frage, ob ich sie bei der Polizei verraten würde oder nicht. Ich fürchte, ich hätte es nicht getan. Und würde mich noch heute dafür schämen.

Ich nahm mir vor, nach der Hütte zu sehen, falls sie

dort vielleicht wieder eingefallen wäre – den Nachschlüssel konnte sie ja noch immer haben –, aber ich ließ fast drei Wochen verstreichen, bis ich endlich hochfuhr. Es war Ende März, das Wetter nass und ungemütlich, und dort oben würde noch Schnee liegen – ich hatte keine Lust, im Matsch zu waten und das Auto womöglich nicht wieder flottzubekommen.

~

Vereinzelte Schneeinseln lagen noch hier und da an den schattigen Stellen, und ich parkte zur Sicherheit am Waldrand, aber der Weg zur Hütte war trocken und fest, als ich Mitte April die Hütte inspizierte und nichts fand, was auf einen Besuch hindeutete. Zwar war mir im Inneren alles fremd, vielleicht so fremd, wie es als Folge eines Besuchs sein mochte, bei dem nichts angefasst oder alles wieder perfekt aufgeräumt worden war, aber es konnte auch an der Kälte liegen, die durch alle Wände kroch. Und dem leichten Schimmelgeruch, den ich wahrzunehmen glaubte. Und daran, dass ich seit letzten November nicht mehr hier gewesen war.

Manni, der mir damals so in den Ohren gelegen hatte, ich solle die Hütte nicht verkaufen, war seit unserem kleinen Ausflug mit Eva und Anke nicht mehr hier gewesen. Sylvie und ich hatten hin und wieder nach dem Rechten gesehen, die Schindeln auf dem Dach erneuert, gelüftet, geputzt, mal geheizt und mal eine Stunde in der Sonne gelegen – mehr Effekt hatte das Haus bisher nicht auf mein Leben gehabt.

Aber es war zu einer Art heiligem Ort für mich geworden, weil ich Sylvie hier nackt an der Quelle gesehen hatte und dieses Erlebnis so magisch wie folgenreich für mich gewesen war – ich fühlte mich, wenn ich darüber nachdachte, wie ein melancholischer griechischer Halb-gott, der hier die unerreichbare Nymphe seines Lebens erblickt hatte.

Manchmal phantasierte ich uns beide auf die Lichtung im Mondlicht oder unter blauem Himmel, verschlungen in leidenschaftlicher Liebe, in einer Art eigener Welt, die nur uns gehörte, die nur wir kannten, bis mir der Mörder wieder einfiel, der meinen Vater und ihren Mann in ihrer eigenen Welt überrascht und erschlagen hatte. Und die RAF-Bande, die sich hier breitgemacht und diesen Ort mit ihrer Hässlichkeit beschädigt hatte.

~

»Wir müssten mal in der Hütte sein, wenn es draußen kalt ist und drinnen bullig warm«, erklärte ich Sylvie bei einem unserer nächsten Telefonate, »am besten mit Schnee außen rum.«

In dem kurzen Schweigen, das darauf folgte, glaubte ich, ihre Gedanken hören zu können: Hast du noch im-mer nicht kapiert, dass wir kein Paar werden? Ich kam nicht dazu, eine Antwort zu denken, und mir wurde klar, dass sie gar nicht zugehört hatte – ihr Schweigen war die Vorbereitung gewesen auf das, was sie jetzt sagte: »Könn-test du mir vielleicht bitte einen Riesengefallen tun?«

»Welchen denn?«

»Urlaub nehmen und das Tourmanagement machen. Ich weiß keinen, dem ich vertraue, und die Band kriegt das nicht hin. Nicht bei neunzehn Gigs in sechsundzwan-zig Tagen. Überlegst du's dir?«

»Wie lang darf ich dafür brauchen?«

»Bis heut Abend vielleicht?«

~

»Bitte mach's, raff dich auf«, sagte Manni, den ich nach der Mittagspause hinten im Laden in der Werkstatt traf, als ich mir einen Kaffee holen wollte. Er hatte in den letzten Tagen in jeder freien Minute seine Gitarren auf Hochglanz gebracht, alle Drähte und Schrauben kontrolliert, die Bünde geschliffen und die Mechaniken geölt. Jetzt gerade war er dabei, einen zweiten Verstärker, den er als Ersatz backstage haben wollte, auf Herz und Nieren zu prüfen.

»Der junge Berner gibt mir doch nie und nimmer Urlaub«, wandte ich ein, denn das war der einzige Hinderungsgrund, der mir einfiel. Ich wollte lieber einen ganzen Monat mit Sylvie haben, als mit Manni und den Musikern deutsche Städte abzuklappern, mich mit Bühnenhelfern und Hausmeistern herumzuschlagen, erboste Hotelbesitzer zu beschwichtigen und die Gagen in einem Koffer mit mir herumzutragen.

»Dann kündigst du halt und lässt dich im Juni wieder einstellen«, sagte Manni, »so mach ich's nämlich.«

Es war dann viel leichter, als ich dachte, weil Berner junior einen neuen Mann gefunden hatte, der sich zutraute, die verwaiste Rock-Abteilung ebenso mitzubetreuen wie die Klaviere. Nur die Stimmaufträge mussten bis Juni warten. Knuts Nachfolger hatte sich im letzten Jahr zu einem Blasmusik- und Schulorchesterspezialisten entwickelt, aber genügend Erfahrung gesammelt, um sich in der elektrischen Abteilung mit nützlich zu machen.

Fast war ich ein bisschen beleidigt, dass mich Berner so leichthin ziehen ließ, aber mehr noch nahm ich ihm übel, dass ich nun keine Ausrede mehr hatte. Der etwas muffige Tonfall meiner Zusage am Abend mochte auch daher rühren, dass meine Begeisterung für das ganze Unterfangen nicht sehr groß war. Nicht so groß jedenfalls wie Sylvies und Mannis Begeisterung für meine Bereitschaft.

Sylvie küsste mich auf die Stirn, und Manni sagte: »Du bist ein echter Freund.«

Das gab mir einen kleinen Stich, denn ich wollte noch immer seine Frau und war mir deshalb sicher, in Wirklichkeit ein durch und durch falscher Freund zu sein.

~

Als ich dann zwei Tage später mit Manni und Sylvie die Verträge und den von ihr getippten und mehrfach fotokopierten Tourplan mit allen Veranstalter- und Hoteladressen, Telefonnummern, Anfahrtsbeschreibungen und Stadtplänen durchging, erfasste mich doch eine gelinde Abenteuerlust, und ich begann mich zu wundern über meine bisherige Trägheit. Seit ich Sylvie kannte, hatte ich eigentlich nichts gewollt, außer in ihrer Nähe zu sein. *Verschwende deine Jugend* lautete eine Textzeile ein paar Jahre später, die mich an mich selbst erinnerte, an die Jahre, in denen ich ziellos glücklich gewesen war und nicht gewusst hatte, dass man nicht aufhören kann zu wachsen.

~

Weil der Siebeneinhalbtonner, den Sinkin Ship inzwischen besaß, trotz seiner Doppelkabine nicht für alle Platz bot, fuhr ich mit Jan, dem Mixer, der schon seit einem Jahr zur Band gehörte, Achim, dem Lichtmann und Wolf, dem Roadie, die die Plattenfirma für diese Tour zur Verfügung gestellt hatte, darin voraus, während die Band in einem geliehenen Mercedes standesgemäß hinterherrollte.

Die ersten beiden Auftritte in Heilbronn und Kaiserslautern waren noch sehr von Nervosität und Pannen, Geschrei und Panik geprägt, aber dann setzte sich die Professionalität der beiden Erfahrenen, Achim und Wolf, durch, ich schaute ihnen ab, was man wie bewerkstelligte, und das Ganze wurde nach und nach gelassener und gekonnter. Ich hatte weniger zu tun als befürchtet, nur selten brauchte man mich zum Schleppen der Traversen oder anderer schwerer Sachen, wenn die Bühnenhelfer nicht da waren – was immer wieder mal vorkam – oder wenn die Zeit so knapp war, dass man auf keine Hand verzichten konnte.

Ansonsten musste ich immer wieder improvisieren, hier jemanden beschwichtigen, dort jemanden an seine Pflichten erinnern, Presseleute und Radiomenschen hofieren und bewirten, und wenn die Band nachts schon längst in der Pizzeria oder im Hotel gelandet war, sortierte ich die Ladung, tröstete die letzten verschmähten Schulmädchen, die unverdrossen am Hintereingang der Turnhalle oder des Clubs gewartet hatten und nicht glauben wollten, dass die Musiker schon längst weg waren, bis alles eingeladen und festgezurrt war und wir, fast immer ohne Essen, weil es dafür zu spät war, ins Hotel fuhren und in unsere Betten fielen.

Das Ganze war erstaunlich gut geplant, die Plattenfirma hatte in fast jeder Stadt Pressearbeit und, wo das möglich war, auch Rundfunkwerbung gemacht, sodass die Konzerte nie ganz enttäuschend waren, auch wenn die Band hier und da auch mal vor dreißig oder vierzig Leuten spielen musste. Oft waren es aber zweihundert oder mehr, und es gab Feuerzeuge, Mitsingen, Zugaben, Autogrammjäger, Groupies und alles, was Rockmusik ausmacht.

Die Band spielte nur noch eigene Stücke. Der Sänger und Manni waren ein gutes Komponistenduo geworden, der Bassist hatte das Singen gelernt, und zu dritt klangen sie manchmal wirklich wie die Eagles, weil sie ihre Gesangssätze mit verbissener Gründlichkeit geübt hatten. Zwei der Songs waren deutschlandweit im Radio gelaufen, wurden jetzt vom Publikum verlangt und euphorisch mitgesungen. Es war ein Höhenflug.

Nach ein paar Tagen gewann ich Routine und machte meine Sache leidlich gut, obwohl ich doch überhaupt keine Ahnung vom Metier hatte. Ich ging während des Aufbaus ins Hotel, checkte alle ein, brachte ihre Schlüssel zur Halle mit, nachdem ich vorher bei einem möglichst nahen Lokal einen Tisch bestellt hatte, hörte den Soundcheck an, stärkte mich während des Gigs hinter der Bühne am Catering, wenn welches da war, kassierte und quittierte die Gage, verteilte sie alle zwei Tage an die Musiker, telefonierte morgens vor der Abfahrt mit Sylvie und schlief dann im Lastwagen, bis wir die Raststätte anfuhren, auf der wir, meist am frühen Nachmittag, unsere einzige warme Mahlzeit bekamen.

Es war eine Parallelwelt. Bei jedem Telefonat mit Sylvie glaubte ich, mich weiter von ihr entfernt zu haben, und obwohl ihr das nicht auffallen musste, weil wir nichts Privates besprachen, sondern immer nur Organisatorisches, war mir, als hinterginge oder belüge ich sie.

~

In Kreuztal bei Siegen gab es nur Doppelzimmer. Sylvie hatte mich darauf vorbereitet – es ging nicht anders, weil die Hotels in erreichbarer Nähe alle ausgebucht waren –, dennoch meuterte die Band, und ich musste eine Weile auf sie einreden, bis sie sich murrend zu Paaren fanden, der Sänger mit dem Bassisten, Manni und ich, der Drummer mit dem Mixer und Roadie und Lichtmann zusammen.

Beim Soundcheck des ersten Abends hatte Manni gesagt: »Wir schmeißen keine Fernseher aus dem Fenster, ist das klar?«, und alle hatten versucht, einander zu überbieten mit Vorschlägen, was man stattdessen werfen solle, worauf sich die kurze Missstimmung über Mannis gebieterischen Ton in Gewitzel und Gelächter auflöste. Die Ansage war unnötig gewesen, denn Hotels dieser Kategorie bekamen wir auf der ganzen Tour nicht zu sehen. Fernseher, wenn es sie überhaupt gab, standen in separaten Zimmern neben der Rezeption oder dem Frühstücksraum und fast immer ebenerdig. Man hätte vielleicht eine Klobürste, Kissen oder eine Gideonsbibel aus dem Fenster werfen können, mehr war da nicht.

Es war kurz vor eins, als ich müde die Zimmertür öffnen wollte und im ersten Moment nicht begriff, dass sie verschlossen war. Ich hatte die Klinke extra leise heruntergedrückt; falls Manni schon schlief, wollte ich ihn nicht aufwecken. Ich drückte etwas kräftiger gegen die Tür und hörte von drinnen Geräusche, die ich zuerst nicht einordnen konnte, aber als hektisch oder gar panisch empfand, dann wurde mir klar, dass Manni da drin nicht allein war.

»Moment«, hörte ich ihn sagen, dann wieder Geräusche, dann Flüstern, dann, nach vielleicht zwei Minuten, das Drehen des Schlüssels in der Tür.

Eine junge Frau mit schwarz gefärbtem Haar ging kaugummikauend an mir vorbei, mit sichtlich um Coolness bemühtem, stattdessen aber nur trotzig wirkendem Blick, und verschwand den Flur entlang zur Treppe.

»Rock 'n' Roll«, sagte Manni.

Ich zog schweigend meine Sachen aus und ging zu Bett, und weil ich so müde war, schlief ich ein, bevor ich mir meiner Wut bewusst werden konnte. Auf Manni. Weil er Sylvie betrog. Die für ihn ihr Kind abgetrieben hatte. Die sich für ihn, für seinen Plattenvertrag, von einem Widerling hatte besteigen lassen. Die Wut vergiftete meine Träume, und nach zwei, drei Stunden Schlaf wachte ich auf und hätte ihn am liebsten im Bett neben mir erschlagen.

Ich zog mich an und ging durch die neblige Landschaft mit Pferdekoppel und Biergarten an einem kleinen Bach entlang und versuchte, mich zu beruhigen.

Ich hatte fast alle Zigaretten geraucht, als mir klar wurde, dass ich außer Wut auch noch ein flirrendes Triumphgefühl empfand. Manni war ihrer Liebe nicht würdig, und Sylvie würde das irgendwann merken. Dann wäre ich bereit und endlich alt genug.

~

Am nächsten Abend in Düsseldorf war diese Frau wieder da. Sie kam kurz vor der Pause in die Garderobe, sah mich diesmal an und sagte: »Hi.« Ich nickte nur und war längst entschlossen, meine Gefühle zu zügeln, und schon gar nicht würde ich sie an dem Mädchen auslassen. Ihr konnte man nicht verübeln, dass sie sich an dem charismatischen Gitarrero erfreute. Und eigentlich war es auch ein Vertrauensbeweis von Manni, dass er so stillschweigend davon ausging, ich würde ihn nicht bei Sylvie verpfeifen.

Ich hatte sie an diesem Morgen nicht angerufen. Nach meinem aufgeregten Spaziergang in der Nacht war ich noch einmal eingeschlafen und musste das Klingeln des Weckers in meine Träume eingebaut haben, sodass nur Manni davon wach wurde. Irgendwann war er dann im Zimmer gestanden, ein Brötchen mit Schinken in der einen und eine Tasse Kaffee in der anderen Hand, und hatte gesagt: »Die wollen in einer Viertelstunde los.«

Zähneputzen und Duschen brachte ich in knapp zwölf Minuten hinter mich, das Brötchen aß ich auf dem Weg nach unten, den Kaffee hatte ich mir mit der vorletzten Zigarette aus meiner Packung schon als Aufwachhilfe im Bett einverleibt.

Erst im Lastwagen, als ich schon langsam wieder eindöste, kam mir der Verdacht, ich hätte das eventuell absichtlich getan: verschlafen, damit die Ausrede stimmt und ich nicht Sylvie am Telefon belügen muss. Zwar ist Verschweigen nicht ganz dasselbe wie Belügen, aber der Unterschied schien mir in diesem Falle gering, und dass ich das Telefonat nur aufschob, ohne es vermeiden zu können, war mir auch klar. Dennoch ließ ich auch den Apparat in der Raststätte mittags links liegen, ohne daran zu denken, dass der unterbliebene Anruf Sylvie erst recht alarmieren könnte. Oder vielleicht dachte ich es sogar und wollte sie, ohne ein Verräter zu sein, aufmerksam machen. Unsinn. Psychologischer Pseudodurchblick. Ich wollte nicht mit ihr reden. Das war alles.

~

In dieser Nacht hatten wir wieder Einzelzimmer. Und Manni war wieder zu zweit.

~

»Du klingst komisch«, sagte Sylvie am nächsten Morgen, nachdem ich mich entschuldigt hatte, ich hätte verschlafen und sei den ganzen Tag nicht mehr an ein Telefon gekommen, jedenfalls nicht beizeiten, und abends sei der Dienstplan dicht, wie sie wisse, »geht's dir nicht gut?«

»Doch«, sagte ich, »außer dass ich nur noch müde bin und mich auf die beiden freien Tage ab übermorgen freue. Ich bin urlaubsreif.«

»Manni geht's auch so. Er wollte eigentlich herkommen, aber jetzt sagt er, er will sich ein Hotel nehmen und zwei Tage lang nur schlafen.«

»Komm du doch«, sagte ich und wusste im selben Moment, dass ich eine Intrige spann. Wenn diese Schwarzhaarige noch immer an Manni klebte, würde Sylvie ihn vielleicht mit ihr überraschen, ohne dass ich die beiden denunziert hatte.

»Warum eigentlich nicht«, sagte sie, und mir wurde schwindlig vor Scham und Schrecken, denn erst jetzt verstand ich, was ich ihr damit antat. Sollte mein Plan aufgehen, dann würde sie am meisten dabei verletzt werden. Schon deshalb war es das Mieseste, was mir hatte einfallen können.

»Wir sind allerdings alle so müd und schlapp, dass du vielleicht nicht viel von dem Besuch hast«, versuchte ich noch lahm und feige abzuwiegeln, aber es war schon zu spät.

»Tapetenwechsel ist auch nicht schlecht«, sagte sie. »Mal sehen, vielleicht komm ich, vielleicht lass ich's bleiben. Sag Manni nichts, dann ist es, falls ja, eine Überraschung und, falls nein, egal, weil keine Enttäuschung.«

Ich hätte mich fast übergeben vor Enttäuschung über mich selbst, als ich auflegte und minutenlang auf den Platz vor der Telefonzelle starrte. Mir wurde klar, dass ich eine Grenze überschritten hatte. Ich benutzte Sylvie für meine Zwecke. Ich tat ihr weh, um für mich etwas zu erreichen, dessen ich dann genau dadurch nicht mehr würdig wäre. Ich war immer überzeugt davon gewesen, sie zu lieben, aber das war keine Liebe. Das war nur Habenwollen.

~

Der Abend in Osnabrück in einem neu eröffneten Kulturzentrum war ein Triumph. Vor fast dreihundert Besuchern im ausverkauften Saal spielten Manni und der Sänger einander die Bälle zu und brauchten nur Minuten, um das Publikum so für sich einzunehmen, dass alles

Weitere wie im Gleitflug ablief. Und natürlich war das schwarzhaarige Mädchen wieder da. Ich stand im Saal, hörte mir das Konzert aus dem Publikum an und sah sie in der ersten Reihe.

Mir blieb noch die Chance, Manni zu warnen, das wäre ein viel weniger schlimmer Verrat an Sylvie als der, den ich mit meiner schnell herausgesprudelten Idee, sie solle doch kommen, schon begangen hatte. Eine Zeit lang war ich erleichtert und genoss die euphorische Stimmung im Saal, aber hinterher, nach der dritten Zugabe, nahm ich Manni nicht in der Garderobe beiseite, der schon den Arm um die Frau gelegt hatte und sich in wohliger Erschöpfung eine Flasche Bier in den Mund kippte. Ich verschob die Warnung auf den nächsten Morgen, aber verachtete mich selbst, weil ich schon wusste, ich würde sie nicht über die Lippen bringen.

Diesmal hatte ich das Zimmer neben Manni, hörte den beiden bei der Liebe zu und wusste nicht, was ich empfand. Freute ich mich darauf, Sylvie von Manni abzubringen? Hatte ich Angst vor ihrem Schmerz? Schämte ich mich für den Verrat an beiden, den ich einfach auf uns zukommen ließ wie ein Fallschirmspringer den Erdboden, auf dem er unweigerlich zerschmettert werden muss, weil er nicht in der Lage ist, die Reißleine zu ziehen?

Von Manni hörte ich nichts, aber die Frau jauchzte und wimmerte, dass ich in jedem anderen Fall allein von den Geräuschen erotisiert worden wäre. In diesem Fall war ich nur bedrückt.

~

Mit Sylvie hatte ich abgemacht, an diesem Tag nicht anzurufen, denn falls sie fahren würde, dann beizeiten, und da wir nur nach Hannover mussten, wo wir in einem Club namens Leine Domizil um vier Uhr zum Aufbau erwartet wurden, konnte ich mich ein wenig in Osnabrück umsehen. Ich schlenderte kreuz und quer, saß eine Weile in einem plüschigen Café und dachte an alles, nur nicht daran, dass Sylvie vielleicht auf dem Weg war und Manni vielleicht diese Frau bei sich hatte.

Die Euphorie des Publikums vom Vorabend fiel mir ein, und ich begriff, dass ich nicht Teil davon gewesen war, sie nicht empfunden, sondern nur beobachtet hatte. Und auf einmal verstand ich, dass mir Musik nicht dasselbe bedeutete wie anderen Menschen. Ich sah, wie sie außer sich gerieten, von Rührung oder Ergriffenheit erfasst wurden, eine Energie in sich aufnahmen oder was auch immer da geschah – ich sah es nur. Ich fühlte nichts davon. Vielleicht hatte der Professor das gewusst, als er mich für die Hochschule abgelehnt hatte. Er hatte in meinem Spiel gehört, dass ich überhaupt nicht wusste, wozu Musik da war. Ich wusste nur in etwa, wie man sie herstellte.

Seltsamerweise lag in dieser Erkenntnis etwas Befriedigendes. Als hätte ich ein Rätsel gelöst und könnte nun klarer in meine Zukunft sehen. Ich mochte anscheinend die Erregung der anderen. Vielleicht weil ich instinktiv gewusst hatte, dass es eine solche Erregung für mich nie geben würde. Ich wollte diese Erregung nicht auslösen, strebte nicht nach Macht oder Verführungskunst, wollte selbst keine Wirkung dieser Art haben, aber ich wollte dort sein, wo jemand diese Wirkung auf andere hatte.

~

Aufbau und Soundcheck waren kurz vor sieben beendet. Der Club war so klein, dass wir fast das gesamte Licht weggelassen hatten, nur rechts und links der winzigen Bühne stand je ein Stativ mit drei Scheinwerfern, eigentlich viel zu nah an der Band. Sie würden gewaltig schwitzen. Ich ging nach draußen, wo die Leute jetzt schon Schlange standen, und sah zuerst die Schwarzhaarige, dann Anke, die mir zulächelte und winkte.

»Ich hab keine Karte«, sagte sie, »kannst du mich reinschmuggeln?«

»Ja, sicher«, sagte ich und nahm sie in den Arm. Es fühlte sich gut an, fast so, als hätte ich sie vermisst. Dabei hatte ich kaum an sie gedacht, allenfalls wenn eine Assoziation, *Stairway to Heaven* im Radio oder das Paisleymuster irgendeines Stoffes, mich an sie erinnert hatte, aber jetzt war es ein schönes Gefühl, ihr Haar zu riechen und ihre Brust an meiner zu spüren.

»Die behaupten, es sei schon seit vier Tagen ausverkauft«, sagte sie, während wir uns voneinander lösten.

»Der Club ist klein«, sagte ich. »Bist du jetzt in Hannover?«

»Soll ich dich zwicken, damit du's glaubst?«

»Nein, ich meine, ob du hier wohnst.«

»In Hamburg. Immer noch. Wenn du mich heut Nacht nicht in dein Bett lässt, fahr ich mit dem Nachtzug zurück.«

Während wir redeten, suchte ich die Schlange nach Sylvie ab, denn deshalb war ich herausgekommen. Wenn sie jetzt, vor dem Konzert, noch auftauchte, konnte ich noch alles abbiegen, was ich so spontan-perfide eingefädelt hatte. Sie war nirgends zu sehen. Vielleicht hatte sie sich doch gegen das Kommen entschieden, und ich musste mich nicht weiter fragen, was ich eigentlich wollte. Hoffentlich.

Ankes Erwähnung des Nachtzugs hatte mich auf eine Idee gebracht, und ich fragte sie in der Pause, ob wir nicht nach dem Konzert zu ihr fahren könnten und ob ich die nächsten beiden Tage bleiben und mich in Hamburg umsehen dürfe. Sie nickte lächelnd und sagte: »Dann schleppe ich dich ja regelrecht ab.«

Sylvie war nirgendwo zu sehen, und meine Hoffnung stieg, aber ich wurde trotzdem immer nervöser und fragte Manni und den Mixer, ob es für sie in Ordnung wäre, wenn ich gleich nach dem Gig verschwände und in drei Tagen zum Aufbau in Rendsburg wieder da sein würde. Das mit der Gage konnte Manni übernehmen, das hatte er ja auch vor der Tour gemacht, die Hotelschlüssel gab ich ihm ebenfalls, und die Daten vom nächsten Gig hatte er ohnehin schon. Die hatte jeder von uns in der Tasche. Für alle Eventualitäten.

Anke genoss das Konzert und stimmte nur ein bisschen widerwillig zu, als ich vor der zweiten Zugabe schon zum Aufbruch drängte. Ich war zwischendrin im Lastwagen gewesen, hatte mir ein paar Sachen aus meinem Koffer genommen und zusammen mit dem Waschbeutel in eine Stofftasche gepackt, die eigentlich für die Mikrofonkabel vorgesehen war. Diese Tasche hatte ich zusammen mit Ankes Sachen hinter dem Bassverstärker deponiert und nahm sie jetzt, um fluchtartig aus dem Club zu verschwinden. Von Sylvie war noch immer nichts zu sehen.

~

Im Zugabteil konnte ich förmlich spüren, wie die potenzielle Katastrophe sich Kilometer um Kilometer von mir entfernte. Mir wurde leichter ums Herz, wie man so schön sagt, wenn man keine Floskeln scheut, und ich begann, mich an Ankes Anwesenheit und auf die zwei Tage mit ihr zu freuen.

Auf eine irritierende Art, die ich damals bestimmt »schizophren« genannt hätte, war ich gleichzeitig in zwei Varianten da. Die eine malte sich aus, wie Sylvie auf Mannis Groupie stoßen würde, ob sie spätnachts im Hotel ankäme und bei Manni hereinplatzen oder in seinem Zimmer auf ihn warten und ihn mit der Frau hereinspazieren sehen würde oder ob irgendein gnädiger Zufall das Unglück noch zu verhindern vermochte, die andere unterhielt sich mit Anke, küsste und umarmte sie immer wieder, erzählte von den letzten Monaten in Konstanz und hörte zu, wie Anke von denen in Hamburg sprach. Die eine Variante war bis zur Hysterie oder Panik angespannt und die andere gelassen und wohlig müde.

Natürlich schliefen wir miteinander, als wir in Ankes Wohngemeinschaftszimmer geschlichen waren, und es war aufregend und wurde noch aufregender dadurch, dass wir leise sein mussten, weil direkt nebenan die Küche lag, in der sich zwei Mitbewohner murmelnd unterhielten. Erst hinterher, als wir matt und zufrieden nebeneinanderlagen, kam mir die Frage in den Sinn: »Hast du eigentlich einen Freund?«

»Gerade nicht«, sagte sie und lächelte. Bestimmt, weil auch ihr der Zeitpunkt für die Frage nicht ideal erschien.

~

Ich wachte irgendwann am Vormittag auf und schlurfte in Unterwäsche ins Bad – zum Glück traf ich keinen der Mitbewohner, die entweder auch noch schliefen oder, wie Anke, schon ausgeflogen waren –, dann legte ich mich wieder ins Bett und holte weiter nach, was mir an Schlaf in den letzten zehn Tagen entgangen war.

Kurz vor vier weckte mich Anke mit einer Tasse Kaffee und einem Marmeladenbrot, zog sich aus, während ich aß und trank, und legte sich, nachdem sie den Vorhang wieder zugezogen hatte, zu mir. Wir mussten schon wieder leise sein, denn die Mitbewohner waren kurz nach ihr auch gekommen. Anke hatte die Augen meist geschlossen, aber ich konnte im Dämmerlicht sehen, wie schön sie war in all den lebenden Bildern, zu denen sie sich willig von mir arrangieren ließ.

Wir gingen erst gegen sieben Uhr abends aus dem Haus, aßen eine Pizza am Grindelhof, fuhren dann nach Eimsbüttel zu einem Folkclub namens Dannys Pan, von dem Anke schwärmte. Ich hatte in ihrem Zimmer schon Platten von Hannes Wader, Reinhard Mey, einer Gruppe namens Singspiel, Maxime Le Forestier und Ougenweide durchgeblättert, die ihren Musikgeschmack verrieten.

Ich staunte nicht schlecht, als mein Tramper, den ich das letzte Mal im Beese Miggle gehört hatte, unter Jubeln und Klatschen die Bühne betrat – er war, zumindest hier in Hamburg, berühmt geworden. Anke strahlte, als ich ihn in der Pause ansprach und wir den Rest des Abends an seinem Tisch saßen und plauderten, während andere Musiker spielten. Das fand ich unkollegial, aber ich konnte durch Einsilbigkeit und Maulfaulheit nichts daran ändern. Anke und der Liedermacher redeten nur umso mehr.

Während Variante eins von mir sich später am Abend mit den beiden nach Pöseldorf aufmachte, um in einer Kneipe namens Zwick noch etwas zu trinken, wusste Variante zwei ganz sicher, dass es inzwischen passiert war. Zwar konnte ich das nicht wissen, denn ohne Nachricht blieb alles offen, aber ich wusste es. Eine Art Enttäuschung und Ermattung hatte sich über mich gelegt und ließ das Plaudern und Lachen meiner Begleiter unpassend und unwirklich erscheinen und alle weiteren Geräusche nur wie durch dicke Vorhänge zu mir durch.

~

Es machte mir nichts aus, dass Anke am liebsten mit dem Liedermacher in sein Hotel verschwunden wäre, wobei sie, um mich zu schonen, dies nicht allzu deutlich zeigte – ich war inzwischen so von Variante zwei übernommen, dass ich wie auf Autopilot reagierte, als wir spätnachts in Ankes Zimmer kamen, wo ein Telegramm auf ihrem Bett lag. An mich:

Bitte komm nicht nach Rendsburg. Ich übernehme deinen Job. Sylvie

Ich bewunderte Sylvie dafür, dass sie so schnell die richtigen Schlüsse und umsichtig die richtigen Konsequenzen gezogen hatte. Manni hatte mich mit Anke gesehen, Sylvie hatte in Konstanz bei deren Eltern nach der Adresse gefragt und mich per Telegramm aus ihren und Mannis Augen beordert. Natürlich wollte Manni mich nicht mehr sehen. Wenn die Sprache darauf gekommen war, dass ich Sylvie gesagt hatte, sie solle ihn doch besuchen, war klar, dass ich ihn auf diesem Wege verpfiffen hatte.

Ich erzählte Anke, worum es ging, und wir schliefen nicht mehr miteinander. Ich wusste, dass sie an den Liedermacher dachte, und sie konnte aus meiner Erschöpfung und Verstörung schließen, dass mich mit Sylvie, obwohl ich darüber kein Wort verloren hatte, mehr verband als nur Freundschaft.

Wir schliefen schließlich irgendwann ein, eng aneinandergedrückt wie damals neben dem Lagerfeuer, und ich ging am Vormittag zum nahen Dammtor-Bahnhof, wo ich den nächsten Zug nach Süden nahm.

~

Dass mir meine Wohnung so fremd und leer und unwirtlich vorkam, mochte daran liegen, dass sie zehn Tage lang kein Leben gesehen hatte, aber ich war mir sicher, dass lüften, einkaufen, Radio einschalten nichts helfen würde – es würde so bleiben, für immer, würde nie mehr besser werden, ich würde mich nicht mehr neu einleben, weil ich mir sicher war: Sylvie kommt nicht mehr hierher.

Als ich am Vormittag vom Einkaufen zurückkam, lag ein Brief in meinem Kasten.

Lieber Simon,
ein Glück, dass du mich nicht fragen kannst, wie es mir geht, denn darauf wüsste ich keine Antwort. Ich vermute, es geht mir schlecht, denn nach der Geschichte mit Konrad und deinem Vater noch einmal betrogen zu werden ist für mich einfach nicht drin. Dennoch ist es passiert, und wenn ich nur ein bisschen realistisch darüber nachdenke, weiß ich, es ist keine große Sache. Ein Musiker fickt ein Groupie, seine Frau hat daran keine Freude, na und? Paare betrügen sich, das ist normal, das Exklusivrecht am anderen bildet man sich genau so lange ein, bis es außer Kraft gesetzt wird. Du hast mal gesagt, wir hätten die sexuelle Revolution, tja, ich habe die nicht. Ich mag Manni auf einmal nicht mehr.

Ich habe in seinem Zimmer auf ihn gewartet, und er kam rein mit dieser drallen, gefärbten Göre, und es war so unglaublich beschämend und peinlich für uns alle, dass er mir sogar leidtat und ich ihn am liebsten irgendwie entlastet hätte, aber ich habe nur schweigend meine Sachen wieder eingepackt und den Schlüssel für dein Zimmer an der Rezeption geholt. Ich nehme an, so etwa hast du das geplant, als du sagtest, ich solle doch kommen, denn so, wie Manni und das Mädchen sich benahmen, hatten die sich nicht erst gerade kennengelernt. Sie waren schon ein paar Tage zusammen, und du hast das mitbekommen und wolltest zwar nicht petzen, aber auch nicht, dass Manni damit durchkommt. Das war loyal und feige zugleich von dir, und deshalb weiß ich auch nicht, was ich dir gegenüber fühle.

Ich müsste dir dankbar sein, dass du die Loyalität mir gegenüber höher bewertet hast als die Manni gegenüber, aber ich schaffe es nicht, denn durch deine Feigheit (die ich dir nicht vorwerfen kann – ich hätte es vielleicht genauso gemacht) hast du mich ins Messer laufen lassen. Ich denke, dir war klar, dass du mich auf jeden Fall verletzen würdest, und du hast eben die Variante gewählt, in der nicht du der Überbringer der miesen Nachricht bist.

Ich bin so verwirrt, dass ich nicht einmal verstehe, warum ich mich gleich hinsetze und dir einen Brief schreibe. Du bist mein Vertrauter, mein Seelenfreund, aber du bist auch derjenige, der nicht den Mut aufbrachte, mich zu belügen und Manni zu decken. Warum nicht? Dachtest du, Manni verdient mich nicht, wenn er sich mit minderwertigem Mädchenmaterial vergnügt? Ich denke das übrigens. Genau so. Auch mit der eher abscheulichen Formulierung »minderwertiges Mädchenmaterial«.

Ich weiß, du warst in einer Situation, in der du es nur falsch machen konntest. Mir wäre vielleicht ein anderes Falsch lieber gewesen als dieses. Aber wie hättest du das wissen sollen? Und warum dich danach richten?

Ich werfe morgen als Erstes den Brief ein, dann rede ich mit Manni, und dann sehe ich weiter, wie das mit dem Rest der Tour werden soll, mit dem Rest meines Lebens mit Manni, meiner Tätigkeit für ihn als Managerin – ich weiß das alles noch nicht.

Es fällt mir schwer, Danke zu sagen, denn für mich fühlt es sich so an, als hättest DU mich verletzt und nicht Manni, aber ich weiß, dass das ungerecht ist, und ich will nicht ungerecht sein. Dir gegenüber schon gar nicht, denn du warst mir, seit Konrad tot ist, der wichtigste Mensch auf der Welt.

Jetzt weiß ich wohl doch, was ich fühle – ich bin traurig. Sylvie

Dafür wusste ich nicht mehr, was ich fühlte. Erleichterung war es schon mal nicht, denn der Brief enthielt so viel Bitterkeit, die ich auf mich bezog, obwohl doch Manni eigentlich deren Verursacher war. Aber dass ich der wichtigste Mensch auf der Welt für sie (gewesen) sei, war doch ein so spürbar brustverengender Satz, und dass sie zuerst mir geschrieben hatte, noch bevor sie dazu gekommen war, gründlicher nachzudenken oder gar mit Manni zu reden, das tat gut und klang nicht so, als wollte sie mich aus ihrem Leben streichen.

Ich briet mir ein Spiegelei und aß es mit Butterbrot, dann legte ich mich wieder ins Bett, um den Tag zu verschlafen und mir in meinen Träumen den Satz wieder und wieder vorzusagen: Du warst mir der wichtigste Mensch auf der Welt.

Draußen war schönstes Maiwetter, die Luft roch bunt und symphonisch – in der Stadt und am See musste es zugehen wie auf einem Impressionistenbild –, und ich zog mir die Decke über den Kopf und wollte, dass die Zeit vergeht bis zum nächsten Brief von Sylvie, in dem sie sich entschieden haben würde, mir endgültig den Laufpass zu geben.

~

Kurz vor sieben Uhr morgens klingelte das Telefon, und ich rannte hin, aber als ich abgehoben hatte, war da nur Schweigen am anderen Ende. Ich wagte nicht, Sylvies Namen auszusprechen, weiß nicht, wieso, ich wagte es einfach nicht. Ich stand da und lauschte in das Rauschen der Hörmuschel. Dann wurde aufgelegt, und der Apparat sah noch grüner und hässlicher aus als vorher.

Lieber Simon,
jetzt bin ich schon einen Tag weiter, und das Drama ist kein Drama mehr. Es ist so banal, dass ich eigentlich drüberstehen müsste, aber dazu kann man sich nicht selbst überreden: Man tut es, oder man tut es nicht. Manni sagte, du seist nach Hamburg zu deiner Anke gefahren, deshalb habe ich ihre Eltern angerufen, deren Namen Manni zum Glück wusste, und dir ein Telegramm geschickt, damit wenigstens dir die Peinlichkeit erspart wird, einer verwundeten Sylvie und einem (verständlicherweise) stocksauren Manni gegenüberstehen zu müssen. Ich mache diese Tour bis zum Ende mit, und dann ziehe ich aus, und Manni muss sich einen neuen Manager suchen.

Wir haben heute auf einem langen Spaziergang miteinander geredet, es tut Manni sehr leid, und er würde gern alles wiedergutmachen, aber das geht nicht für mich. Ich sehe ihn mit anderen Augen an, und was ich sehe, lässt mich kalt. Das wusste ich gar nicht von mir. Anscheinend bestehe ich auf Treue wie eine viktorianische Spießertochter. Mir liegt nichts an einem Mann, der mich aktiv mit anderen Frauen vergleicht.

Dass ich eine Heuchlerin bin, weiß ich, schließlich habe ich dem Stuttgarter Plattenfuzzi ja selbst mehr als schöne Augen gemacht, aber es war für Manni und nicht für mich, es war kein Vergnügen, sondern eine Plage, und nur wenn man aus dem Hubschrauber draufschauen würde, könnte man das Gehampel beider Paare für dieselbe Sache halten.

Vielleicht bin ich schon über das Stadium der Verletzung

hinaus, ich habe fest vor, Manni nicht zu behelligen, er soll seine Musik machen, seine Fans lieben, die sollen ihn lieben, das ist ganz richtig so, nur ich gehöre da nicht hinein. Das ist alles. Es gibt mir zu denken, wie schnell und offenbar leicht ich Manni hinter mir lassen kann.

Was mich nach wie vor verwirrt und ganz und gar unsicher und instabil macht, ist, dass ich nicht weiß, was ich dir gegenüber fühle. Ich schreibe dir ganz selbstverständlich, als wärst du noch immer mein Seelenfreund, aber bist du das? Verzeihe ich dir? Darf ich dir überhaupt irgendwas übel nehmen? Meine Gefühle für dich wirbeln so durcheinander, dass ich mir nicht mehr sicher bin, was bleibt, was ändert sich, verschwindet vielleicht alles wie eine große Einbildung oder ein Traum, dessen einzelne Ereignisse bei Tagesanbruch jeden Zusammenhang verlieren. Falls du für mich nur ein Traum warst, weiß ich noch nicht, ob ich aufgewacht bin.

Ich verspreche dir, wenn ich es weiß, dann sag ich es dir. Bis dahin, deine Sylvie

Eines wusste ich genau: Ich durfte jetzt nicht antworten. Nicht versuchen, mich zu rechtfertigen, nicht betteln, nicht jammern, nichts erklären. Sie musste erst herausfinden, wer ich für sie war, bevor meine Stimme wieder dazwischenreden durfte. Noch eine starke Woche würde sie unterwegs sein und danach vielleicht nur noch hierherkommen, um ihre Sachen zu packen. In dieser Zeit würde sie sich entschieden haben. Wenn sie auszog, ohne mich noch einmal sehen zu wollen, dann hatte ich sie verloren.

Ich setzte mich an diesem Abend ans Ufer mit einer Flasche Wein und einem bauchigen Glas, das mir Sylvie vor einiger Zeit geschenkt hatte, und bekam eine Vorstellung davon, wie es sein musste als alter Mann, der alle Freunde und Lieben verloren hat, unter Menschen zu sein, die lebendig, fröhlich und sehnsüchtig ihre Zeit vertun.

Irgendwann bemerkte ich, dass ich mein Selbstmitleid genoss, und ich versuchte mir vorzustellen, wie ich in Lindau um Sylvies Haus schleichen würde, um einen Blick auf sie zu erhaschen, fand mich schon wieder theatralisch und begann, größere Schlucke zu nehmen, um den Abend zu verkürzen.

Das gelang. Kurz vor zwölf war die Flasche leer, und ich hatte Mühe, die festen Stellen im Boden zu erkennen, die weichen zu meiden und geradeaus nach Hause und ins Bett zu kommen. Es ging mir schlecht genug, dass meine Gedanken nicht mehr ausschließlich um Sylvie kreisten, jetzt war mein Magen dran.

~

Ich meldete mich im Laden und begann, meine aufgelaufenen Stimmaufträge abzuarbeiten. Es waren nicht viele, und da man erst in zwei Wochen mit mir rechnete, konnte ich sie mir einteilen, wie ich wollte – einen am Vormittag und einen am Nachmittag –, den Rest der Zeit würde ich vertrödeln oder im Laden mithelfen, wenn man mich brauchte.

Am Mittag beeilte ich mich, nach Hause zu kommen, aber dort wartete kein Brief auf mich.

~

Am nächsten Tag auch nicht.

~

Als der Brief endlich da war, lag er ohne Briefmarke im Kasten, also war Sylvie hier oder zumindest hier gewesen. Noch bevor ich ihn öffnete, wurde mir klar, dass ich inzwischen gelassen auf seinen Inhalt wartete. Ich war weder bedrückt noch verzweifelt, traurig oder wütend – ich war vorbereitet.

Lieber Simon,
ein bisschen Zeit habe ich gebraucht, um zu verstehen, dass jetzt alles anders wird. Nicht nur der Ort, an dem ich lebe, wird sich ändern, ich werde auch die Menschen loslassen, dich loslassen und irgendwo auf der Welt jemand anderer werden. Das klingt so, als hätte ich mich dafür entschieden, aber so ist es nicht – ich habe nur begriffen, dass das jetzt geschehen wird, und ich widersetze mich dem nicht.
Also, mach's gut in deinem Leben, vergiss mich nicht, ich vergesse dich ganz sicher nicht. Ich weiß, was ich an dir hatte. In Liebe, Sylvie

In den folgenden Tagen glaubte ich immer wieder, Sylvies Duft wahrzunehmen. Nicht nur in meiner Wohnung, sondern irgendwo, im Auto, an der Tankstelle, in der Werkstatt hinterm Laden, in den Räumen, in denen ich mit einem billigen Stimmhammer aus dem Laden, weil ich meinen aus Rosenholz nicht mehr fand, Klaviere stimmte, gleichzeitig war ich mir sicher, dass dieser Duft nicht real war, sondern eine Art Erinnerung daran, dass sie einen Duft gehabt hatte, den ich selten bewusst wahrgenommen und jetzt für immer verloren hatte.

Auch ihr Bild vor meinem inneren Auge wurde plastischer und farbiger – bisher war die wirkliche Sylvie immer nur einen Anruf und kurzen Fußweg entfernt gewesen, das Bild von ihr konnte provisorisch bleiben, denn die wirkliche Sylvie hätte es immer modifizieren oder präzisieren können – jetzt würde das nicht mehr geschehen –, das Bild war alles, was von ihr noch hier war, und es würde verblassen, stockfleckig werden, irgendwann verschwinden, so wie das Bild meiner Eltern.

1977

Wie oft ich die Briefe gelesen habe, weiß ich nicht mehr, aber dass ich insgesamt dreimal in Lindau vor ihrer Wohnung stand und so lange wartete, bis jemand herauskam oder hineinging, das weiß ich noch.

Irgendwann fragte ich in der Apotheke nach ihrem Verbleib, und mir wurde beschieden, das wisse man nicht, man habe den Laden von ihr gekauft, und sie sei weggezogen.

Mehr Ideen hatte ich nicht, wie ich nach ihr suchen könnte, und ohnehin glaubte ich, das dürfe ich nicht, denn sie wolle von mir nicht gefunden werden. Würde sie jemals wieder Interesse an mir entwickeln, dann wäre es ihr ein Leichtes, sich bei mir zu melden, denn ich hielt an allem fest, was sie gekannt hatte, wohnte, wo ich gewohnt hatte, tat, was ich getan hatte, und blieb derjenige, dem sie verbunden gewesen war – in der ersten Zeit vielleicht sogar mit dem uneingestandenen Hintergedanken, dass ich dazu verpflichtet sei, weil sie mich doch finden können musste. Ich durfte nichts ändern, sonst würde ich ihr den Rückweg zu mir erschweren.

~

Eine Zeit lang hatte ich Angst vor der Begegnung mit Manni gehabt, aber als es dann so weit gewesen und er in den Laden spaziert war, hatte er weder vor mir ausgespuckt noch mich übersehen, noch seine Faust in meinem Gesicht untergebracht, er war lächelnd zu mir hergekommen, hatte mich umarmt und gesagt: »Das ist scheiße gelaufen. Kein Groll.«

In diesem Moment begriff ich, dass er wirklich mein Freund gewesen war, dass ich ihn geliebt, gebraucht und sogar bewundert hatte – und verloren. Ich sagte nichts, aber ich ließ ihn durch meine Umarmung spüren, was ich für ihn empfand.

Wir verloren uns bald danach aus den Augen, denn er zog zusammen mit dem Sänger nach Hamburg, weil dort die Musikszene blühte und alle mediale Aufmerksamkeit genoss, er außerdem die Plattenfirma gewechselt hatte und auf diesem Wege auch noch den Schlagzeuger, der ihm nicht mehr genügte, loswurde. Leider auch den Bassisten, der gut gewesen war, perfekt gesungen und die klassische Rolle des Ausgleichenden in der Band eingenommen hatte. Er wollte heiraten, Kinder haben und am See bleiben.

Ich verfolgte Mannis Karriere mithilfe der einschlägigen Magazine, denn er kam nur noch nach Konstanz zu Konzerten in der Mensa und zu Rock am See, einem Open-Air-Festival, die ich aber, aus Gründen, die ich heute nicht mehr weiß, nie besuchte.

~

Ich lebte weiter wie bisher in meinem kleinen Stückchen Welt, interessierte mich nicht für den Rest, und so war es ein Zufall, dass ich aus einer Zeitung, die als Verpackungsmaterial hinten im Laden lag, von Siegfried Haags Verhaftung erfuhr. Ich fuhr auf den Feldberg und stellte erst dort fest, dass ich das ganze letzte Jahr über nicht in der Hütte gewesen war. Alles befand sich noch am selben Platz und im selben Zustand, nur der Schimmelgeruch war stärker geworden.

Ich nahm mir vor, mich im Frühjahr um einen Makler zu bemühen – es war Unsinn, diese entlegene Immobilie zu behalten. Wozu? Sylvie würde nicht mehr hierher zurückkehren, ich war kein Eremit, nicht diese Sorte jedenfalls, die allein in der Natur vor sich hinvegetiert, niemand hatte etwas von der Hütte, wenn sie in meinem Besitz blieb und unbelebt vergammelte.

~

Der alte Berner verabschiedete sich aus dem Laden, und der Junior stellte mich richtig ein mit allem, was dazugehörte, Lohnsteuerkarte, Krankenversicherung, Rentenversicherung – bis dahin war ich als Aushilfskraft beschäftigt worden und hatte meine Tätigkeit als Klavierstimmer selbstständig ausgeführt. Ich wurde seine rechte Hand und im Frühsommer auch, durch einen Zufall, sein Vermieter.

Der Hausbesitzer war ein ehemaliger Kollege meines Vaters, der vor Jahren nach Meersburg gezogen war und jetzt sein Elternhaus verkaufen wollte. Eines Tages stand er im Laden und wollte Berner sprechen, um ihm das Haus anzubieten. Ich erkannte ihn und stellte mich als Sohn seines Kollegen vor, worauf er mir, ohne auf Berner zu warten, der auf der Musikmesse in Frankfurt war, sein Angebot unterbreitete. Hundertsiebzigtausend.

Ich hatte mein Erbe zusammengehalten und musste hundertzehntausend von der Bank dazuleihen, die ich von den Mieten für den Laden und die beiden darüberliegenden Wohnungen zurückzahlen konnte, ohne dass sich an meinem Leben etwas änderte.

~

Im Sommer war ich einige Male in der Hütte und verwarf den Plan einstweilen wieder, sie zu verkaufen. Ich hatte eine neue Freundin, die erste seit Jahren, die länger bei mir blieb und die ich länger bei mir haben wollte, die war begeistert von dem Platz und wollte immer wieder hin.

Sie hieß Martina, volontierte bei der Zeitung und schrieb Geschichten, die sie nur mir zeigte. Sie war nicht so schön wie Anke, mit der ich immer noch sporadischen Kontakt hatte und ins Bett fiel, wenn es sich ergab, aber sie war klug und ruhig und eine Genießerin – mit ihr zusammen wurden ganz banale Tätigkeiten zu Freuden, das Kaufen von Handtüchern oder Servietten, das Putzen der Fenster, das Kochen, Essen, Musikhören, sie gab den Selbstverständlichkeiten das ihnen zustehende Lob, und sie nahm andere Menschen so, wie sie sein konnten, nicht so, wie sie waren. Sie gab ihnen eine Zukunft.

Vielleicht hatte Sylvie das auch getan, wenigstens mit mir, aber darüber dachte ich nicht nach. Mit Sylvie verglich ich keine Frau, die mir begegnete, oder besser: Ich verglich jede mit ihr, und keine hielt stand. Sylvie überragte alle, aber Sylvie war nicht da.

Sie war ein Mythos geworden, eine Art Einbildung, die von Erinnerungsfetzen nur noch verziert oder eingefärbt wurde, sie war so fern und körperlos wie eine Figur aus einem Buch oder Film, an deren Existenz man nur glaubt, wenn man sich selbst betrügen will. Oder muss.

~

Als die Leiche von Hanns Martin Schleyer in Mulhouse gefunden wurde, fuhr ich wieder zur Hütte und fand sie vor, wie ich sie verlassen hatte. Niemand war hier gewesen, meine Vorstellung, die RAF sei direkt mit meinem Leben verknüpft, eine pathetische Einbildung.

Ich blieb eine Stunde, setzte mich ins Wohnzimmer und versuchte, die Stimmen von Manni, Eva und Anke heraufzubeschwören, aber es gelang mir nicht. Martina war bei Freunden in Berlin, ich fühlte mich verlassen, aber in wohlige Melancholie gehüllt, wollte mir alt und erfahren vorkommen, fand mich lächerlich, als ich das erkannte, ging nach draußen, und auf einmal spürte ich doch Sylvies Gegenwart, als stünde sie neben mir. Und dann spürte ich die Leere, die ihr Verschwinden in mir hinterlassen hatte.

Vor Martina hätte ich nicht zu begründen vermocht, wieso ich auf der Bank saß und minutenlang auf die Quelle starrte, um eine nackte rothaarige Nymphe zu sehen, bis mir davon die Augen tränten und ich endlich aufstand, die Hütte abschloss und den Müll zum Wagen trug. Immer noch der weiße Renault 16, allerdings jetzt rostig und verbeult.

1978

Die Postkarte war mit winziger Schrift von Rand zu Rand ausgefüllt, die Briefmarke war griechisch, und die Vorderseite zeigte die blauen Delfine von Knossos.

Weil kaum ein Tag vergeht, an dem ich nicht an dich denke, und ich mir vorstelle, dass es dir auch so geht, sollst du wissen: Ich bin glücklich, habe einen kleinen Sohn und einen Mann, der uns liebt, ich habe ein Leben. Und weil ich dich nur in meinem Innersten (vielleicht noch immer unter meiner Haut) bei mir habe, und weil es nur dort richtig ist, dich bei mir zu haben, schreib ich dir nicht, wo ich lebe. Sei glücklich. Ich bin es auch. In Liebe, Sylvie

Zum Glück war ich allein, als ich diese Postkarte wieder und wieder las, denn mir liefen die Tränen übers Gesicht, und ich hätte sie nicht erklären können. Was war das? Eine körperlose Umarmung bei gleichzeitiger Zurückweisung? Sie denkt jeden Tag an mich? Aber mehr als Denken ist nicht drin?

Ich war zu glücklich über den Anblick und die Aussage ihrer miniaturisierten Schrift, als dass ich mich hätte der Frage stellen wollen, ob sie ein Spiel mit mir trieb, mich als eine Art Ersatz oder Potenzial oder Rückversicherung an sich binden wollte, ohne sich ihrerseits an mich zu binden.

Ich hätte ihr gern zurückgeschrieben, ich sei ebenfalls glücklich, hätte ebenfalls ein Kind und dächte auch jeden Tag an sie, aber anscheinend wollte sie das nicht wissen. Und es hätte auch nicht ganz gestimmt, denn ich erinnerte mich nur noch gelegentlich an sie, nur dann, wenn mich eine Assoziation zu ihr führte – leider auch manchmal wenn ich mit Martina schlief, dafür schämte ich mich, aber ich konnte es nicht steuern. Dass ich ein Kind hätte, stimmte noch nicht ganz, aber Martina war schwanger, und im August sollte es kommen.

Wir wollten nicht heiraten, jedenfalls hatte Martina das so gesagt, und ich hatte ihr nicht widersprochen. Wir würden jedoch zusammenziehen, wenn es mir gelänge, die obere Wohnung in meinem Haus zu bekommen. Der Mieter war noch nicht so recht begeistert von der Idee, vermutlich glaubte er, ich würde ihm noch Geld dafür bezahlen, wenn er sich weiter zierte. Dabei wäre meine bisherige Wohnung, die ich ihm im Tausch dafür anbot, besser für ihn, weil näher an seinem Arbeitsplatz und außerdem günstiger.

Ich legte die Postkarte in den Karton zu Sylvies Briefen und überlegte mir, wo ich diesen Karton verstecken würde, falls Martina und ich wirklich zusammenzögen. Nicht nur, weil ich das Versprechen halten wollte, dass niemand diese Briefe zu sehen bekommen sollte – ausgerechnet Martina musste nicht darauf stoßen und von einer Frau aus meiner Vergangenheit erfahren, die mir nie aus dem Kopf gehen würde.

1979

Ich liebte Martina, jedenfalls so, wie ich jemanden, der nicht Sylvie war, zu lieben vermochte, und ich liebte unsere Tochter Luzie, obwohl ich, wie die meisten Männer, mit ihr als Baby nicht viel anfangen konnte. »Ich übernehme, wenn sie redet«, sagte ich, wenn Martina sie mir kopfschüttelnd abnahm, weil ich mich wieder mal ungeschickt anstellte.

»Das will ich schriftlich«, sagte Martina dann, oder: »Mal sehen, ob du das mitbekommst.«

Den Karton mit Briefen hatte ich in einem Bankschließfach verstaut, was mir selbst theatralisch und extravagant vorkam, schließlich hätte ich ja auch in der Hütte nach einem Versteck suchen oder ein verschließbares Kästchen im Schreibtisch oder Kleiderschrank deponieren können, aber konnte eine Handlung, die niemand sah, überhaupt theatralisch sein?

1980

Wir wohnten über dem Laden, ich hatte dem Mieter tatsächlich noch Geld bezahlt, damit er sich verzog, und ich arbeitete mich mehr und mehr in den Synthesizerbereich ein, der immer wichtiger wurde und über kurz oder lang die Klaviere verdrängen würde. Weil mich die ständige Innovation der Technik begeisterte und ich mich richtig hineinkniete, wurde ich im Laufe der Zeit so etwas wie die erste Adresse in der Region und beriet Musiker aus der Schweiz und sogar aus Vorarlberg, Oberschwaben und bis hoch zum Schwarzwald. Das tat dem Laden gut, wir bekamen überregionales Renommee und schwammen im Geld.

1981

Berner machte mich zum Teilhaber, und Martina und ich heirateten, als Luzie drei geworden war. Ich hatte das hässliche grüne Telefon mit Wählscheibe durch ein nur unwesentlich weniger hässliches beigefarbenes mit Tasten ersetzt, das aber nicht lange überlebte, weil Luzie ihren Bären damit telefonieren ließ, und der war zu ungeschickt, er konnte nicht damit umgehen, sodass es eines Tages zerbrochen am Boden lag. Wir waren dem Bären nicht böse, denn er hatte uns von diesem scheußlichen Ding befreit, aber wir stellten eine höhere Kommode hin, damit er nicht mehr drankam, und kauften ein neues Telefon, das aussah wie eine Mickymaus.

Luzie fragte mir bald Löcher in den Bauch, und ich erklärte ihr alles, was sie wissen wollte, und wenn ich keine Ahnung hatte, was immer öfter vorkam, weil sie so klug wie ihre Mutter wurde, kaufte ich mir ein Buch.

1982

Manchmal spielte ich abends im Laden auf dem Steinway, den wir seit Jahren nicht loswurden, weil er für die hiesige Kundschaft zu teuer war. Nichts Schwieriges mehr, dazu lag die Zeit, in der ich geübt hatte, zu lange zurück, aber Stücke wie die Sonata Facile oder ein Präludium aus dem Wohltemperierten Klavier, bei denen es auf Fingerfertigkeit nicht allzu sehr ankam, gelangen mir noch immer ziemlich gut, und manchmal dachte ich, wenn Sylvie mich hätte hören können, wäre sie vielleicht nicht mit Manni losgezogen.

Gedanken dieser Art, Gedanken an Sylvie, waren inzwischen nicht mehr mit Bedauern verbunden, weil mir mein Leben gefiel, meine Tochter, meine Frau, der ganz normale Alltag, unsere Wohnmobilreise durch die USA, das Vorlesen abends, das Müdesein nachts – es war gut so, wie es war. Es war ein Leben.

1983

Ob Sylvie sich heimlich erkundigt und von meiner Heirat erfahren hatte oder nur einer Ahnung gefolgt war, ihre nächste Postkarte, wieder mit Briefmarke aus Griechenland, fünf Jahre nach der ersten, war an den Laden adressiert.

Manchmal, wenn ich an Konrad dachte, glaubte ich, dass ich es nicht verkraftet habe und nie verkraften werde, da ist dieser Abgrund und grinst mich an und zieht mich an, und ich brauche Kraft, um von seinem Rand wegzukommen. Und als würde das nicht reichen, hat mein Mann unseren Sohn in den Iran entführt, ich werde ihn nie mehr wiedersehen, falls

er nicht irgendwann flieht und mich findet. Denk an mich,
das hilft mir. Wenn irgendetwas hilft, dann das. Sylvie

Ich war schon lange nicht mehr am Schließfach gewesen,
und auch jetzt, als ich die neue Postkarte dazulegte, nahm
ich keinen der Briefe heraus. Aber ich konnte nicht aufhören, mir vorzustellen, wie Sylvie verzweifelt, irgendwo
auf der Welt, vielleicht ganz allein, versuchen musste,
den Verlust ihres Kindes zu überleben. Hätte ich irgendeine Möglichkeit gesehen, sie ausfindig zu machen, dann
wäre ich sofort aufgebrochen, aber ich wusste ja nicht
mal, ob sie in Griechenland, von wo sie die Karte abge-
schickt hatte, lebte, ob überhaupt in Europa, nicht wie
sie hieß, falls sie geheiratet hatte, und nicht, wen ich fragen konnte, wie man ein entführtes Kind aus dem Iran
befreien sollte.

~

Ich floh für ein paar Tage unter dem Vorwand, Manni
habe mich nach Hamburg, zur Verleihung einer gol-
denen Schallplatte eingeladen, nur um meine Verstörung
zu verbergen. Martina hätte gesehen, dass mit mir etwas
nicht stimmte, und ich wusste keine Lüge, die ich ihr
hätte auftischen können. Tante Irmi war zwar alt, aber sie
lebte, und sonst gab es niemanden, dessen Tod ich hätte
herbeilügen können als Erklärung für meinen Zustand.

Eigentlich hatte ich Luzie versprochen, mit ihr auf die
Hütte zu fahren und ihr zu zeigen, wie man ein Lagerfeuer macht. Sie wollte zu den Pfadfindern und übte
schon Knoten nach einem Buch, weil ich wieder mal
überfordert gewesen war, und sie zeichnete Tierspuren,
Fuchs, Hase, Reh und Iltis, übte auf der kleinen Gitarre,
die ich ihr aus dem Laden mitgebracht hatte, weil sie die

Lieder dann schon beherrschen wollte. Sie bereitete sich umsichtig auf die Aufnahmeprüfung vor.

Ich versprach ihr, den Ausflug am nächsten Wochenende nachzuholen, und hatte dabei ein so schlechtes Gewissen, dass ich die Fahrt nach Hamburg fast wieder abgeblasen hätte, aber ich spürte die Maske in meinem Gesicht und wusste, ich musste weg, bis diese Maske nicht mehr meine Haut spannen und Martina und Luzie zeigen würde, dass ich in mich selbst verschwunden war. Vor allem Luzie hätte denken können, es läge an ihr, ich wäre ihr böse oder von ihr enttäuscht, wolle nicht mit ihr zusammen sein, dabei wollte ich nichts lieber als das, aber nicht so, nicht in diesem Zustand.

Ich entzog mich meinem eigenen Kind, weil ich nicht aufhören konnte, daran zu denken, dass Sylvie ihres entzogen worden war und sie es vielleicht nie mehr sehen würde.

~

In Hamburg meldete ich mich nicht bei Manni, wusste nicht einmal, ob er überhaupt in der Stadt war, ich ging planlos durch die Straßen, ins Kino, ins Hotel zurück, in irgendein Restaurant und wieder ins Hotel.

Es dauerte eine Weile, bis ich wütend auf Sylvie wurde, aber dann musste ich mich beherrschen, um nicht gegen Straßenlaternen und Mülleimer zu treten. Wie konnte sie mich derart ihrer Verzweiflung ausliefern, ohne mir die Chance zu geben, dass ich sie wenigstens tröstete?

Die Wut half mir nicht lange, bald war die Angst um sie wieder da, der Gedanke, sie würde sich umbringen, den Abgrund willkommen heißen und den Schritt über den Rand tun, weil ihr alles andere Denkbare nicht mehr erreichbar erschien.

Ich meldete mich auch nicht bei Anke, denn obwohl Martina und ich seit Luzies Ankunft in unserer Welt kein allzu lebendiges Sexleben mehr hatten, kam es nicht infrage, sie auch noch körperlich zu hintergehen. Ich hinterging sie ja schon gedanklich, wenn ich mir Sylvies Unglück vorstellte und meine eigene Hilflosigkeit deswegen kaum ertrug.

»Heh, was machst du denn hier?« Knut stand neben mir, als ich an den Landungsbrücken entlangging, um, wenn ich schon in Hamburg war, wenigstens Schiffe gesehen zu haben.

»Kleiner Ausflug, und du?«

»Geschäftlich«, sagte Knut, »Besuch bei der Bank.«

Er betrieb inzwischen eine eigene Fahrschule, die gut zu laufen schien, denn ich hatte schon verschiedene Autos mit seinem Namen durch die Stadt fahren sehen.

Er war auf dem Weg zum Bahnhof, wo sein Wagen im Parkhaus stand, und ich begleitete ihn. Es tat mir gut, über ganz normale Dinge zu reden, von meiner Tochter zu erzählen, von seiner Braut zu hören, vom Laden zu erzählen, von TÜV und Prüfern, Fahrschülern und Fahrlehrern zu hören – es lenkte mich ab und sorgte für Kontakt meiner Sohlen zum Boden. Bis dahin war ich auf eine ungute Art geschlingert und geschwankt, war in Gedanken irgendwo auf der Welt gewesen, bei Sylvie, die allein, ohne Gegenwehr und Hilfe, die schlimmste Zeit ihres Lebens durchstehen musste.

Am Bahnhof war eine riesige, bunte und nervöse Menschenmenge. Sie trugen Transparente, Rucksäcke, Schlafsäcke, Rasseln und kleine Trommeln mit sich und strömten in die Stadt.

»Große Demo gegen die Mittelstreckenraketen hier und in Bonn«, sagte Knut, der ganz offensichtlich ein bisschen besser informiert war. Ich wusste gar nichts. Las keine Zeitung, besaß keinen Fernseher und hörte im Radio fast nur Musik.

Obwohl Knut nach Hause, nach Konstanz, fuhr, schloss ich mich ihm nicht an, sondern behauptete, für den Abend eine Konzertkarte zu haben, die ich nicht verfallen lassen wollte.

~

In der Deichtorhalle spielte eine New-Wave-Band, und weil mich die Ausrede gegenüber Knut auf die Idee gebracht hatte, ging ich hin. Aber als ich vor dem Eingang lauter Menschen mit Leopardenleggings und Hawaiihemden, aufgestellten Haaren und gelangweilten Gesichtern sah, drehte ich ab, obwohl mich ein schlechtes Gewissen zwickte – ich sollte als Musikalienhändler diesen boomenden Markt beachten und nicht links liegen lassen.

Ich wanderte quer durch die Stadt zur Reeperbahn, weil ich fand, das müsse ich auch gesehen haben, aber dort war mir die grelle Obszönität zu aufdringlich, und ich bekam Angst vor den Muskelmännern, die mit leeren Augen herumstanden und ihre Gefährlichkeit und Unberechenbarkeit ausstellten.

Ich aß etwas und trank etwas mehr und war bald müde genug, um das durchgelegene Bett in meinem Hotel nicht mehr zu fürchten.

~

Im Laden wartete eine weitere Postkarte auf mich, diesmal aus Istanbul und kürzer als die vorangegangene.

Lieber Simon, es ist nicht fair von mir, dir mein Unglück auf die Schultern zu packen. Ich bin ein großes Mädchen und kriege mein Leben in den Griff, also: Hab keine Angst um mich. Danke, dass du an mich denkst. Es hilft.
Deine Sylvie

Luzie lag mit hohem Fieber im Bett, deshalb ging ich, sobald der Papierkram erledigt war, wieder nach Hause. Martina war unruhig, obwohl der Hausarzt versprochen hatte, das Fieber werde in den nächsten Stunden abklingen und in einer Woche sei die Kleine wieder in Ordnung. Ich wollte den Stabilen spielen und Martina trösten, obwohl ich den Anblick von Luzies entrückten Augen kaum aushielt. Sie war irgendwo. Nicht bei uns.

1984

Meinen zweiunddreißigsten Geburtstag verbrachte ich allein in der jetzt viel zu großen Wohnung. Es war ein Sonntag, Sommer, Schönwetter, aber ich hatte, wie schon seit Monaten, die Fensterläden angelehnt und saß im Halbdunkel. Saß einfach nur da und sah nichts, hörte nichts, dachte nichts. Genau genommen lebte ich nicht. Ich atmete, und mein Stoffwechsel tat, was er sollte, aber das war auch schon alles.

Noch an Luzies Grab hatte Martina mir eröffnet, sie ziehe zu ihren Eltern nach Bad Urach auf der schwäbischen Alb, und ich hatte wortlos mit dem Kopf genickt. Erst viel später nahm ich ihr übel, dass sie offenbar keine Sekunde darüber nachgedacht hatte, mir beizustehen, so wie ich ihr beistehen wollte, Luzies letzter Atemzug hatte alles zwischen Martina und mir mitgenommen, und obwohl wir einander in den Armen hielten, verschwanden wir jeder in seinen eigenen endlosen, dunklen und hallenden Tunnel, in dem das Echo von Luzies Lachen immer leiser wurde.

~

Irgendwann, nach Monaten im Tunnel und Monaten in der viel zu großen Wohnung, kam wieder eine Postkarte, diesmal aus den USA.

Ich war vierzehn und Konrad auch. Er war sich als Einziger in der ganzen Clique nicht zu schade, mit mir Kettenkarussel zu fahren. Ich weiß nicht, warum ich dir das erzählen will, mir ist so, als hättest du gefragt. Ich hoffe, es geht dir gut. Ich lebe. Deine Sylvie

Ich legte die Karte auf das Schränkchen im Flur und beachtete sie nicht weiter. Nein, es ging mir nicht gut. Sylvies Kind lebte, ihr Unglück war meinem nicht vergleichbar, mich interessierte nicht, wer mit ihr Kettenkarussell gefahren war.

~

Ich weiß nicht mehr, ob zwei Jahre vergingen oder drei, in denen ich mich nicht wunderte, dass meine Umgebung farblos, mein Essen geschmacklos, die Geräusche und Klänge leise und verwischt und die Oberflächen aller Gegenstände, nach denen ich griff, pelzig waren. Es war eben so, zum Vergleich hatte ich nur meine Erinnerung, der ich längst nicht mehr traute.

Ich machte irgendwann den Fehler *Seargent Pepper's Lonely Hearts Club Band* von den Beatles aufzulegen, weil ich hoffte, mich bei dem Lied *Lucy in the Sky with Diamonds* befreienden, reinigenden Tränen überlassen zu können, aber noch vor dem Refrain riss ich die Platte vom Teller und zerschlug sie. Tränen kamen dann zwar, aber Befreiung oder Reinigung kamen nicht.

~

Jedes Jahr an Luzies Geburtstag rief ich Martina an, und jedes Mal ließ sie sich von ihren Eltern verleugnen, bis ich nach dem dritten Versuch aufgab und einsah, dass wir nichts mehr würden teilen können und ich ihr nur wehtat, wenn ich sie in die Situation brachte, mich abwehren zu müssen.

~

Ich begann eine Affäre mit Berners Frau. Sie sprach mich nie auf Martina und Luzie an und schälte mit ihrer Leidenschaftlichkeit und Freude am Verbotenen Schicht um Schicht von meiner Schale, bis ich zwar nicht vergessen, aber wenigstens verstanden hatte, dass Luzie tot war und ich am Leben bleiben würde.

Postkarten oder gar Briefe von Sylvie kamen keine mehr, und wenn ich an sie dachte, dann ohne Sehnsucht oder Mitleid – sie war einfach jemand, den ich früher mal gekannt hatte.

~

Manni sah ich manchmal noch im Fernsehen. Er hatte lange durchgehalten und war seiner rockigen und eleganten Musik trotz sinkenden Erfolgs treu geblieben, bis er sich nach einer Durststrecke ohne Plattenvertrag neu erfunden, neu gekleidet und frisiert hatte, die Band hieß nicht mehr Sinkin Ship, sondern Erwins Konfirmation und spielte Liedchen auf Deutsch, die von Autos, Weltraumraketen oder bunten Drinks handelten und deren Refrains man sofort mitsingen konnte. Von seinem beeindruckenden Gitarrenspiel war nichts mehr in der Musik enthalten, er lieferte zu den üblichen zischenden Keyboardsounds ein bisschen Knattern und Stakkato und hier und da ein Riff.

~

Der Laden lief besser denn je, alle wollten elektronische Keyboards haben, und als Leni, meine bis dahin heimliche Geliebte, sich von Berner scheiden ließ, gehörte uns das Geschäft auf einmal gemeinsam, und so schien es uns nur logisch, dass wir heirateten.

~

Ich bat Martina per Post um die Scheidung, sie willigte umgehend ein, und wir bekamen einen Termin, bei dem wir einander nicht ins Gesicht sehen konnten. Wir hätten wohl beide nach Ähnlichkeit mit Luzie gesucht und sie dann nicht ertragen. Wir verzichteten auf alle Ansprüche, der Termin war in wenigen Minuten vorbei, und wir schossen auseinander wie Magneten, die einander die falsche Seite zuwenden.

~

Ich hatte mich sterilisieren lassen, womit Leni einverstanden war, und ihrem fast elfjährigen Sohn Lukas gefiel es, ein umsorgtes und gehätscheltes Einzelkind zu sein. Er war, wie ich, begeistert von Computern, Samplern und Synthesizern und wurde mir bald eine Hilfe, weil er die ständig neuen Herausforderungen viel schneller meisterte und mich beriet, wenn ich mit irgendeinem Gerät nicht klarkam.

Die Wohnung war nicht mehr zu groß, sondern genau richtig, und wenn Lukas und ich im selben Raum auf unseren Tastaturen herumklapperten, ich auf einem Synthesizer, er an seinem Macintosh, dann wurde ich mir manchmal dessen bewusst, dass ich wieder ein Leben hatte. Und dass ich dankbar war.

1994

Als Lukas mit siebzehn bekifft der Mickymaus den Arm brach, war das Land schon seit vier Jahren um ein Drittel größer, gab es keine Mittelstreckenraketen mehr darin, keine RAF und nur noch wenige Telefonzellen, hatte Manni längst ins Produzentenfach gewechselt und sich der Umsatz des Ladens um zwei Drittel zurückentwickelt. Jetzt waren es wieder die Musikvereine aus der ländlichen Umgebung, die Schulen und die Bildungsbürger, die ihr Kind ein Instrument lernen ließen, von denen wir lebten. Auch als Klavierstimmer war ich weniger unterwegs, denn in den Privathäusern standen jetzt elektronische Klaviere, und nur noch Schulaulen, das Theater, die Kirchen und ähnliche öffentliche Orte gediegener Musikpflege hatten noch Flügel. Die Belegschaft war geschrumpft auf Leni und mich, Tante Irmi hatte mir ein bisschen Geld vererbt, und unser Laden kostete keine Miete, deshalb kamen wir gut über die Runden.

Seit Jahren hatte ich kein Lebenszeichen von Sylvie mehr erhalten, und auch wenn mir eine rothaarige Frau über den Weg lief oder ich ein Bild von Rossetti sah, löste das keine Erinnerung mehr aus oder nur noch eine neutrale ohne Geruch, ohne Klang, ohne Bild vor dem inneren Auge.

Sie war jetzt fünfzig, und wenn sie noch lebte, hatte sie vielleicht schon graues Haar, bestimmt war sie nicht mehr wie ein Hippie gekleidet, und vielleicht träumte sie längst in einer anderen Sprache und musste, wenn sie einen Satz auf Deutsch sagen wollte, nach einzelnen Worten suchen.

~

Ich machte den Fehler, mit Lukas zusammen einen Joint zu rauchen. Da war er zweiundzwanzig, im dritten Semester, und hatte sich mit Leni so zerstritten, dass er ausgezogen war in eine Wohngemeinschaft mit drei Kommilitoninnen, unter denen er sich wie der Hahn im Korb gebärdete, aber nicht wirklich wohlfühlte. Ich steckte ihm die Miete zu, immer in bar, sodass es Leni nicht mitbekam, denn sie wollte ihn auf die Nase fallen sehen, er sollte endlich den Ernst des Lebens begreifen – sie konnte nicht ertragen, dass er nur das tat, was ihm mit links gelang, und alles andere delegierte oder ignorierte. Sie hatte Angst, seine exzessive Kifferei würde ihn zu einem larmoyanten Versager werden lassen.

Ich versuchte, eine Art Brücke zwischen ihm und seiner Mutter zu sein und biederte mich bei ihm an, er solle mir mal einen Joint drehen, ich wolle mal sehen, wie das kommt.

Es kam nicht gut. Mir war so schlecht, dass ich, nachdem ich zweimal ins Waschbecken erbrochen hatte, stundenlang auf seinem Bett lag, weiß wie die Wand, seine Angst um mich übersah und verzweifelt versuchte, die Augen offen zu halten, damit das Karussell nicht wieder Schwung aufnahm.

~

Ein Vierteljahr später stand er wieder vor der Tür. Die Studentinnen hatten ihn rausgeworfen, und ich war in der Zwischenzeit so lange als Hermes zwischen Leni und ihm unterwegs gewesen, dass die Wogen sich irgendwann geglättet hatten und die Mutter ihren Sohn in die Arme schließen konnte, was er, zwar murrend, aber doch erleichtert, zuerst hinnahm, dann sogar erwiderte.

Wir ließen ihn in Ruhe, und er wechselte von Betriebswirtschaftslehre zu Informatik. Auch das gelang ihm mit links.

~

Lukas und ich pflegten Leni zusammen mit einer Schwester, die zweimal täglich kam, fast ein halbes Jahr lang zu Hause, nachdem alle Bestrahlungen und Chemotherapien sich als aussichtslos erwiesen hatten, und wir saßen beide an ihrem Bett und hielten jeder eine ihrer ausgemergelten Hände, als sie nach tagelangem Dämmer ihren letzten stöhnenden Atemzug nahm. Ich schloss ihr die Augen, und Lukas kreuzte ihr die Hände über der Brust. Wir weinten nicht. Erst am Grab. Berner, der aus Winterthur angereist war, umarmte uns beide und sagte: »Danke.«

~

Weder miteinander noch mit anderen redeten Lukas und ich über den Tod seiner Mutter. Die anderen wären nur hilflos gewesen, und unter uns beiden gab es nichts, was wir hätten besprechen müssen oder wollen, weil wir alles zusammen durchgestanden hatten.

Er nahm sein Informatikstudium wieder auf, wohnte weiterhin zu Hause, denn wir verstanden uns ohne viel Aufhebens, ließen einander in Ruhe, wenn es nötig war, und verbrachten hin und wieder das Wochenende in der Hütte auf dem Feldberg, weil wir es beide gut fanden, auch mal ohne Strom, Tasten oder Telefon zu sein.

~

Etwa ein Jahr nach Lenis Tod überraschte mich Lukas abends in der Küche, wo ich die kleine Metalltafel mit Kühlschrankmagneten, die ich abgewischt hatte, wieder neu bestückte. Bis zu dem Moment, in dem er seine Hand auf meine Schulter legte, war mir nicht bewusst gewesen, dass ich weinte, erst dann sah ich, dass ich das Küchenpapier noch mal zur Hand nehmen musste, um die Tränen von der Tafel zu wischen.

»Es ist normal«, sagte er, »auch wenn's nicht jedem passiert.«

Ich nahm das Glas Wein, das er mir eingeschenkt hatte.

»Es passiert jedem«, sagte ich, »aber zeitlich so versetzt, dass es nicht jeder von jedem mitkriegt.«

»Wenn du's nur ein bisschen komplizierter machen kannst, dann geht's dir gut.« Er lächelte. Aber nicht im Gesicht, nur in der Stimme.

»Von gut gehen würde ich jetzt nicht reden, aber ich weiß, was du meinst.«

Er prostete mir zu. Wir tranken. Die Magneten waren allesamt von Leni zusammengetragen worden, in Museen, auf Reisen, in Souvenirshops und zuletzt auf Auktionen im Internet.

2004

Zur Jahrtausendwende hatte ich den Laden aufgegeben und lebte seither von dessen Vermietung an eine Parfümerie, was mein Einkommen glatt verdreifachte und es Lukas und mir erlaubte, je eine der Wohnungen im Haus zu beziehen und einen Fahrstuhl einzubauen, in dem der Zwillingskinderwagen Platz hatte, für den Julia, seine Frau, sonst jedes Mal Hilfe gebraucht hätte beim Hoch- und Runtertragen über die Treppe.

Julia und ich verstanden uns eher leidlich als blendend – für sie war ich nur eine Funktion, der Opa, den man eben manchmal brauchte –, mir war das recht, obwohl es mir immer wieder einen kleinen Stich gab, wenn ich spürte, dass auch Lukas sich von mir entfernte. Ich ließ mir aber nichts anmerken, kam, wenn ich gerufen wurde, und ließ die junge Familie ansonsten in Ruhe.

Ich half Lukas in seiner Softwarefirma, wenn er mich brauchen konnte, hielt die Hütte in Schuss und komponierte in Lukas' ehemaligem Zimmer elektronische Musik, die niemand außer mir zu hören bekam.

~

Als die Türme in New York eingestürzt waren, hatte ich die fixe Idee, Sylvie könnte unter den Toten sein, und recherchierte monatelang im Internet, um die Namen der Opfer zu überprüfen.

Obwohl unter den Attentätern kein Iraner war, wurde ich die Vorstellung nicht los, ihr Sohn könnte einer von ihnen gewesen sein und seine eigene Mutter umgebracht haben. Als ich schließlich aufgab, weil ich bei vielen Vornamen oft nicht weiter als bis zu den Initialen kam, war ich weniger enttäuscht von mir selbst, dass ich es nicht geschafft hatte, als erlöst von einer Besessenheit, die, wie ich später erst verstand, Ausdruck einer Depression gewesen sein musste, deren Griff mich umschlossen hatte, seit ich den Laden losgeworden war.

In dieser Zeit kramte ich auch die beiden Fotoalben meines Vaters hervor und holte Sylvies Briefe aus dem Bankschließfach. Die Fotoalben blätterte ich durch ohne tieferes Interesse oder persönliche Berührung – das war alles so lange her, das war schon längst nicht mehr wahr. Die Briefe legte ich unangetastet in die Schublade meines Schreibtischs.

Seltsamerweise musste ich an Sylvie denken, wenn ich irgendwo ein Kettenkarussell sah. Ob auf einer Fotografie oder mit den Zwillingen auf einer wirklichen Kirmes, das Karussell rührte mich, als hätte ich eigene Erinnerungen daran, die mir etwas bedeuteten. Dabei war es doch nur ein Motiv aus der letzten Karte, die sie mir geschrieben hatte.

~

Die Depression wurde ich originellerweise los durch einen Bandscheibenvorfall, die darauffolgende Operation und Rehabilitation, die aufgezwungene Ruhe und Konzentration auf bisher unbeachtete Prozesse wie Gehen, Stehen, Knien, Bücken etc. Es ist normal, dachte ich manchmal, auch wenn es nicht jedem passiert.

Ich fühlte mich fremd unter den anderen Patienten, so

wie ich mich eigentlich unter fast allen Menschen fremd fühlte. Mit Lukas war das anders, ihm fühlte ich mich nah, auch wenn ich längst in seinem Leben eine viel kleinere Rolle spielte als er in meinem.

~

Ich hatte ihn und seine Familie über den Jahreswechsel nach Paris eingeladen und mir nach unserer Rückkehr geschworen, so etwas nie wieder zu tun. Julias schlechte Laune, deren Grund sie keinem von uns verriet, hatte allen so zugesetzt, dass uns jeder Passant beim Aussteigen aus dem Wagen hätte ansehen können, wie wenig Lust wir hatten, dasselbe Haus zu betreten. Aber es war nachts um halb elf und niemand mehr auf der Straße.

Ich riss die Fenster auf, weil die Wohnung überheizt war, und öffnete eine Flasche Wein, auf die ich mich schon seit Winterthur gefreut hatte. Und ich genoss es, endlich wieder allein zu sein und nicht mehr den Zwillingen eine Fröhlichkeit vorspielen zu müssen, die vom Gesichtsausdruck ihrer Mutter Lügen gestraft und zur Grimasse entstellt wurde.

Lukas klopfte an der Tür und brachte mir einen Stapel Post. Er wollte keinen Schluck Wein, war müde und ebenso enttäuscht wie ich, er winkte nur mit der linken Hand und zog die Tür zu.

Das, was sich beim Durchblättern der Post wie ein Kreislaufabsturz anfühlte, kam nicht von meiner Erschöpfung, sondern vom Anblick der Handschrift auf einem der Umschläge.

Lieber Simon,
jetzt habe ich dich so lange in Ruhe gelassen, dass ich mir nicht mehr einbilden kann, es sei in Ordnung, dich einfach so wieder

zu behelligen. Aber es ist wichtig. Es gibt etwas, das du wissen musst, auch wenn du nichts mehr von mir wissen willst.

Das könnte ich übrigens verstehen, nachdem ich vor fast dreißig Jahren einfach verschwunden bin und nur noch selten Lebenszeichen von mir gegeben habe, die du nicht mal mit eigenen Lebenszeichen beantworten konntest, weil ich ein Geheimnis aus meinen jeweiligen Adressen gemacht habe.

Ich gebe zu, ich habe lange nicht mehr an dich gedacht, irgendwann warst du aus meinem Inneren verschwunden, und weil ich annahm, bei dir sei das genauso, habe ich das mit den Lebenszeichen eingestellt.

Bevor ich dich jetzt weiter aufhalte mit Erzählungen aus meiner Vergangenheit (die übrigens nicht sein müssen, das, was ich dir sagen muss, hat mit uns beiden zu tun, und mein Leben in der Zwischenzeit spielt keine Rolle dabei), gibst du mir Nachricht, ob ich dir schreiben darf?

Du erreichst mich über das Anwaltsbüro, dessen Absender auf dem Umschlag steht.

Ich hoffe, du antwortest, aber ich verspreche dir, ich nehme nicht übel, wenn du schweigst. Deine Sylvie

Ich war einen Moment lang versucht, in den Keller zu gehen, um die alte Schreibmaschine zu holen, aber das kam mir, sofort nachdem der Moment verstrichen war, albern vor. Ich setzte mich an den Computer, den ich eigentlich an diesem Abend nicht mehr hatte anschalten wollen, und startete das Schreibprogramm.

Liebe Sylvie,
nach so langer Zeit wieder deinen Namen zu schreiben verwirrt mich so, dass ich gar nicht erst versuchen will herauszufinden, was ich dabei fühle. Irgendwas zwischen Euphorie und Ermattung wird es wohl sein, der Anblick deiner Handschrift auf dem Umschlag war jedenfalls eine Art Schock.

Du hast recht, irgendwann warst auch du aus meinem Inneren verschwunden. Es ist schon fast ein halbes Menschenleben her, dass ich geschworen hätte, das würde nie passieren, die Zeit, in der du alle überstrahlt und allein in meiner Vorstellung jede in der Wirklichkeit anwesende Frau auf die Plätze verwiesen hast, schien damals nie enden zu wollen. Jetzt sind wir alt, und das alles ist nur eine Episode unter anderen.

Es ist kurz vor zwölf Uhr nachts, ich war eigentlich todmüde, jetzt bin ich jedoch hellwach und spüre, dass ich tiefer einatme. Auf einmal fällt mir ein, dass ich deinen grünen Käfer auf dem Schrottplatz gesehen habe, als ich meinen Renault dorthin brachte. Das hatte ich vergessen. Es kam mir damals vor wie ein Zeichen. Vor fünfundzwanzig Jahren.

Ich glaube, ich kann es nicht erwarten, dass du mir wieder schreibst. Bitte erzähl, was immer dir in den Sinn kommt, was immer du erzählen willst, ich bin gespannt auf alles.

Und ich bin erleichtert, dass du lebst und wieder aufgetaucht bist. Dein Simon

Ich adressierte den Brief an Sylvie Spengler, obwohl ich keine Ahnung hatte, ob sie noch oder wieder so hieß. Aber ich hatte nur diesen Namen und wollte den Heilbronner Anwalt, dessen Adresse ich unter ihren Namen auf den Umschlag schrieb, nicht mit einer Formulierung wie z. Hd. Sylvie zum Schmunzeln bringen. Er war mir egal, ich kannte ihn nicht, aber er sollte nicht grinsen über die kindlich wirkende Anschrift.

Und ich nahm eine Briefmarke aus der Schublade, klebte sie auf, zog Schuhe und Mantel an und ging zum Briefkasten, um den Brief mit dessen erster Leerung auf den Weg zu schicken.

Danach war ich sogar müde genug, um zu schlafen, spürte endlich die lange Fahrt in den Knochen und den halben Kilometer bis zum Briefkasten.

Vor den Fenstern fiel der Schnee in trägen, fetten Flocken, und ich wusste, seit ich an diesem Morgen aufgestanden war, was ich gefühlt und Sylvie nicht zu erklären vermocht hatte: das Abklingen eines Phantomschmerzes, den ich immer unter der Haut gehabt, aber nicht mehr wahrgenommen hatte, nur weil er stetig und immer gleich, ohne Auf- und Abschwellen, da gewesen war. Fast dreißig Jahre lang.

~

Wie schnell und unbeachtet die Zeit vergehen kann, lernt man mit zunehmendem Alter. Die Sommer meiner Kindheit fühlten sich in meiner Erinnerung an wie halbe Jahre, die Tage zwischen Sylvies Briefen wie Stunden.

Lieber Simon,
dass du alt bist, kann ich mir, ehrlich gesagt, nicht vorstellen. Ich weiß schon, dass du dieses Jahr zweiundfünfzig wirst, aber das ist erstens heute kein Alter mehr, und zweitens bin ich sechzig – das heißt, im Verhältnis zu mir wirst du nie alt sein. Ich bin es, die alt wird.

Keine Angst, ich jammere jetzt nicht über Gelenkschmerzen oder andere Gebrechen, und ich erzähle dir auch nichts von Krankenhäusern oder Operationen, aber ein Blick in den Spiegel und die Erinnerung an Orte, Menschen, Hoffnungen und Verluste machen mir klar, dass ich nicht die eingebildeten »vierzig plus« bin, sondern die wirklichen sechzig. Dass der Spiegel mir bis vor Kurzem noch immer rote Haare zurückgab, liegt an der Farbe, die ich schon seit über zehn Jahren darauf verwandt habe, dass ich bestimmt noch einen halben Marathon laufen könnte, mag ebenso an den Genen liegen wie die Tatsache, dass meine Silhouette noch immer an die Sylvie erinnert, die du damals kanntest. Falls Letzteres nicht mit meiner Abnei-

gung gegenüber Süßigkeiten und fettem Essen zu tun hat und den Zigaretten, die ich noch immer rauche, obwohl das langsam anstrengend wird.

Dies nur, damit du eine Art Bild vor Augen hast von der Person, die hier schreibt, sehen werden wir uns in der nächsten Zeit nicht können, dazu aber später mehr.

Nachdem ich aus Konstanz gekränkt und überstürzt geflohen war, verbrachte ich fast ein ganzes Jahr in Berlin und kämpfte alle paar Wochen gegen den Impuls, dich anzurufen oder einfach zurückzukommen. Es gelang mir mal besser, mal schlechter, einmal bin ich erst in Karlsruhe wieder in den Zug zurück nach Berlin umgestiegen.

Ich hatte wirklich große Sehnsucht, wollte mit dir reden, mit dir zusammen sein, mir dir zusammenleben, aber ich wusste, es war falsch. Nicht nur, weil mir klar war, dass du dir mich noch immer als Geliebte wünschtest und ich hingegen wusste, dass wir Zwillinge sind, verschränkte Seelen, Liebende anderer Art, ich hätte dich enttäuscht, und du hättest es dir nicht anmerken lassen.

Ich bin dann nach Griechenland gegangen, zuerst auf den Peloponnes, dann nach Kreta, dort traf ich auf einen Mann, den ich anfangs für eine Mischung aus Konrad, Manni und dir hielt und später als größten meiner Fehler kennenlernte. Da war unser Kind schon vier Jahre alt, und ich hatte begonnen, in einem Reisebüro zu arbeiten, weil sich Sahid, sein Vater, nur noch mit der Vertreibung des Schahs und der Rückkehr von Khomeini beschäftigte. Ich weiß nicht, was er tat, herumreisen, reden, intrigieren, ich hatte auf einmal keinen Zugang mehr zu ihm, und er verwandelte sich vor unseren Augen von einem liebevollen Mann und Vater in einen harschen, Befehle bellenden und innerlich vollständig abwesenden Tyrannen.

Und dann war er verschwunden, und mit ihm unser Sohn. Er hatte ihn in seinen Gottesstaat mitgenommen, und seither schaue ich jedes Zeitungsfoto eines Terroristen voller Angst an, *denn ich fürchte, meinen Sohn, meinen reizenden, lustigen und klugen Sohn Mahmud, mit diesen leeren Augen der Atta, Binalsibh und Konsorten auf einem von ihnen zu entdecken.*

Die ersten beiden Jahre habe ich blind und taub und gefühllos verbracht, ich weiß nicht, wie, habe sogar Mühe, mich zu erinnern, wo, aber bis heute bewahre ich die Hoffnung, er könne entkommen sein und nach mir suchen. Ich habe vor einiger Zeit, neun Jahre ist das her, als ich in New Jersey lebte, eine Website eingerichtet mit seinem Namen, meinem Namen, dem Namen seines Vaters und Bildern von uns als junger Familie, in der Hoffnung, er könne darauf stoßen und sich erinnern.

Bis heute nicht. Aber noch lebe ich. Es kann noch geschehen.

Ich muss Schluss machen, andere Aufgaben rufen. Ich schicke den Brief ab und schreibe heute Nacht weiter. Danke, dass du es wissen willst, deine Sylvie

Ich fing keinen Antwortbrief an, denn wenn sie in derselben Nacht noch hatte weiterschreiben wollen, würde die Fortsetzung am nächsten Tag da sein.

~

Die Post kam fast drei Stunden später als üblich, weil in der Stadt Schneechaos herrschte. Solange ich nicht nach draußen musste und solange die Heizung funktionierte, war das nicht mein Problem, aber irgendwann würde das aufgetaute Brot ausgehen, und irgendwann würde ich auch wieder mal was kochen wollen. Tütensuppen sind in Ordnung, aber nicht tagelang.

Lieber Simon,
dass ich jetzt gleich angefangen habe, wie aufgezogen von mir zu erzählen, soll nicht bedeuten, dass du nur als Zuhörer vorgesehen bist. Bitte schreib mir auch, wie es dir ergangen ist, das

bisschen, was ich aus dem Internet über dich erfahren konnte, reicht mir nicht. Der Laden, ein Artikel in einer Musikerzeitschrift über elektronische Klangerzeugung und eine Wortmeldung in einer Bürgerinitiative sind alles, was ich gefunden habe.

Natürlich nur, wenn du willst.

Ich bin fast drei Jahre lang herumgezogen, Türkei, Ägypten, Syrien, anfangs, weil ich glaubte, jemanden finden zu können, der für mich in den Iran geht, um meinen Sohn zu suchen, aber nach zwei windigen Privatdetektiven und einem ekelhaften Söldnertypen, auf die ich prompt reingefallen bin, habe ich das aufgegeben. Als mein Geld dann langsam knapp wurde, heuerte ich bei einer zypriotischen Reederei an, um für einen Hungerlohn als Putzfrau und Küchenhilfe zu arbeiten. Anfangs auf Kreuzfahrtschiffen, später auf einem riesigen Frachter, den ich in New York verließ, um in Amerika zu bleiben.

Dort war ich lange, weil ich bald Fuß gefasst und mir eine Existenz aufgebaut hatte. Die Greencard-Lotterie war gut zu mir.

Nach Sahid hatte ich genug von Männern, aber den Koch auf dem Frachter und später einen Maklerkollegen, der wie ich Upstate New York für die Firma bereiste, habe ich dann doch noch näher an mich herangelassen. Irgendwann wurde das aber eintönig, und ich begriff, dass es für mich nach Konrad, Manni und dem Sahid der ersten beiden Jahre niemanden mehr geben würde.

Mein Gott, das geht ja im Schnelldurchlauf, aber ich will dir Geschwätzigkeit und eventuelle Nostalgie ersparen, denn natürlich gab es Momente reinen Glücks und Phasen von Zufriedenheit, Freude am Erfolg und Lebensgenuss, nur eben immer alles auf einer dünnen Decke, deren Knirschen ich spürte, über einem Abgrund, in dem Konrad und mein Sohn auf mich zu warten schienen.

Am elften September war ich zu Gast bei Freunden in Coney Island, und was ich an diesem Tag und in den Wochen darauf erlebte, hat mich so aus der Bahn geworfen, dass ich mich in der Firma um einen Job in Deutschland bewarb. Das Unternehmen agiert weltweit und besitzt Immobilien in Berlin, Düsseldorf und Frankfurt. Ich habe heute noch das widerliche Staub- und Rauchgemisch in der Nase, das ich in diesen Wochen täglich einatmete, denn ich blieb einen Monat lang dort. Ich konnte mich nicht von der Stelle bewegen.

Im Februar zweitausendzwei zog ich nach Berlin, wo ich im Team der Wohnungsverwaltung meiner Firma gut verdiente und eine tolle Wohnung mit nur symbolischer Miete beziehen konnte. Dort war ich bis vor Kurzem, und ich hatte es gut. Diese ebenso stoische wie hysterische Stadt mit ihrem beständigen Wandel und ihrer beharrlichen Irritation gefiel mir so gut, dass ich bestimmt geblieben wäre. Aber es kam anders.

Für heute mache ich Schluss und hoffe auf Post von dir. Deine Sylvie

Es schneite noch immer. Lukas, der noch einen Tag freihatte, bevor er wieder in die Tretmühle zurückmusste, bot an, mir Sachen mitzubringen aus dem Supermarkt, aber ich zog mich an und begleitete ihn. Das Auto zu nehmen war ausgeschlossen, und vier Hände konnten mehr tragen als zwei.

~

Vor der Kasse in der Schlange steckte Lukas seinen Blackberry ein, auf dem er bis eben seine E-Mails durchgesehen hatte. Er hatte keine Ablenkungsbeschäftigung mehr übrig und sah mich an, zuckte mit den Schultern, sah dann wieder in Richtung der Kasse, von der wir noch immer ein gutes Stück entfernt waren, und kam mir dabei so traurig vor, dass ich mein männliches Sprechverbot ignorierte und ihn fragte: »Hat sie jetzt rausgelassen, was sie hat?«

»Nein«, sagte er, »ich soll noch eine Weile raten.«

»Hast du denn eine Idee?«

»Das Einzige, was ich mir vorstellen kann, ist die neue Mitarbeiterin, die ich eingestellt habe. Vermutlich findet Julia sie hübsch, und schon bin ich der Ehebrecher.«

»*Ist* sie hübsch?«

»Keine Ahnung. Vielleicht, ja. Sie ist vor allem gut, und ich will, dass sie sich um die Kunden kümmert. Sie vertritt uns nach außen, da sind Charme und Stil kein Manko, oder?«

»Charme und Stil.«

»Was?«

»Hast du vielleicht ihr Loblied gesungen, als Julia es hören konnte?«

Er sah mich empört an, als hätte ich mich jetzt auch noch auf die Seite der Ungerechten geschlagen, und sagte: »Darf ich keine Frau loben?«

»Nicht vor Julias Ohren.«

»Ach komm, Simon, das ist nicht dein Ernst.«

»Doch. Es ist hirnrissig, aber es ist mein Ernst. Ich hab das mit Martina gelernt und mit deiner Mutter vertiefen können. Den Fehler darf man nicht machen.«

»Jetzt klingst du alt«, sagte Lukas. »Zum ersten Mal hab ich das Gefühl, ich bin jung, und du bist alt.«

»Das täuscht ja auch nicht«, sagte ich.

~

In Sylvies Brief hatte gestanden, sie warte auf Post von mir, also setzte ich mich an den Computer, aber ich brauchte eine halbe Stunde oder länger, bis ich endlich die Anrede getippt hatte.

Liebe Sylvie,

das ist wirklich seltsam, du schreibst, dass du am elften September in Coney Island warst, und ich erinnere mich, dass ich wie verrückt nach deinem Namen unter den Opfern gesucht habe. War das Telepathie? Kann das sein nach so langer Zeit? In der ich nicht einmal mehr an dich gedacht habe oder nur, wenn irgendeine Assoziation mich dazu anstieß. Immerhin sind Coney Island und der Financial District gerade mal siebzehn Kilometer auseinander – meine telepathische Ortungsfähigkeit ist also nah an der Präzision eines Satelliten. Eines älteren allerdings, die heutigen könnten dir in den Geldbeutel gucken und deine Münzen zählen.

Von mir zu sprechen fällt mir schwer. Da sind Punkte in meiner Lebenslinie, die ich wie eine Art schwarze Löcher behandle, weil ich anders nicht weiterleben kann. Es heißt immer, man müsse die Schmerzen annehmen, dann würden sie irgendwann abnehmen, und vielleicht stimmt das ja, aber das, was dann noch davon übrig bleibt, ist auch nicht zu ertragen. Doch. Ich ertrage es ja. Aber ich denke nicht daran, so gut ich kann, und inzwischen kann ich das ziemlich gut. Vielleicht sind diese schwarzen Löcher für mich das, was du für dich als Abgrund beschreibst. Deshalb nur kurz und summarisch:

Meine Tochter Luzie starb mit fünf Jahren an einer nicht erkannten Hirnhautentzündung. Ich wünsche dem Arzt, dem wir vertraut haben, noch heute einen grausamen Tod dafür.

Meine zweite Frau Leni starb an Krebs. Sie ist nicht einmal vierzig geworden. Schwarze Löcher.

Und jetzt beherrsche ich mich, die letzten Zeilen nicht wieder zu löschen, aber die Stimmung, in die ich mich selbst damit gebracht habe, hindert mich daran weiterzuschreiben. Morgen wird es besser sein, und dann liegt ja vielleicht wieder ein Brief von dir im Kasten. Auf den ich mich freue. Dein Simon

Vor meiner Tür lag ein Zettel von Lukas. *Man soll das Alter ehren. Du hast recht gehabt. Danke.* Ich musste lächeln, und mir fiel ein, dass ich Lukas in meinem Brief nicht erwähnt hatte. Jetzt war der Umschlag aber schon zugeklebt und frankiert, und ich brachte ihn zum Briefkasten.

Bevor ich ihn einwarf, schrieb ich auf die Rückseite noch meine E-Mail-Adresse. Diese Schneckenpostverständigung mochte Charme haben, aber war schwer auszuhalten.

~

Zum Wetter allerdings passte es, dass ich morgens aus dem Fenster starrte, um den Postboten abzupassen, es war wie eine Zeitreise: der Schnee, die gedämpften Geräusche, diese Welt da draußen in fast Schwarz-Weiß. Ich fragte mich, wo die Eisblumen blieben – hatte man die nicht früher im Winter an den Fenstern? Vielleicht waren sie dem modernen Vakuumglas oder der molligen Heizungswärme zum Opfer gefallen.

Lieber Simon,
habe ich wirklich alle überstrahlt? Als ich diesen Satz aus deinem Brief zum ersten Mal las, fühlte ich mich geschmeichelt, jetzt aber, beim vierten Mal, komme ich mir schuldig vor, dich am Leben gehindert zu haben, dir etwas versprochen zu haben, was ich nicht einhielt, dich mit einer Phantasie um die Wirklichkeit betrogen zu haben … Ich weiß, dass ich das nicht aktiv getan habe, aber getan habe ich es doch.

Weil bis jetzt noch keine Antwort von dir da ist, bin ich unsicher, ob ich weitererzählen soll. Ich will dich nicht zu etwas zwingen, dir nicht etwas aufdrängen, was du vielleicht nicht mehr brauchst, nur, ich bin noch nicht dort angekommen, wo ich hinwollte.

Ich hoffe, du bist einverstanden. Ich hoffe es einfach. Und ich gestehe, dass ich den Zeitpunkt, an dem ich dir das sage, was du unbedingt wissen musst, noch hinausschieben will. Ein bisschen wenigstens.

Erinnerst du dich noch an den Schulkameraden von mir, der dann später bei der Plattenfirma in Stuttgart landete? Er hieß Hermann und war mir damals zuwider. Aber als ich ihn in Berlin wiedertraf, hatte er sich so verändert (oder ich war es, die sich verändert hatte), dass ich ihn nicht nur nicht wiedererkannte (das konnte auch an seinen grauen Haaren liegen), nein, er war mir sympathisch, und ich verstand meine frühere Abneigung auf einmal nicht mehr.

Vieles ändert sich, wenn die Hormone sich raushalten. Er kam über die Straße gerannt und sprach mich an, sagte etwas Ähnliches wie du, nämlich dass mir keine Frau in seinem Leben das Wasser habe reichen können und dass er mich deshalb auch erkenne, weil mein Bild in seinem Gedächtnis eingebrannt sei, und dass die Sylvie von damals noch immer aus der Sylvie von jetzt herausleuchte. Da hätte ich ihm eine kleben können, aber ich tat es nicht, denn er sah ja nur von außen auf mich und wusste nichts weiter von mir, als dass er eben ein Auge auf mich geworfen hatte. Vielleicht auch mehr. Vielleicht war es ja Liebe gewesen, aber mir war das egal, mich ging das nichts an.

Wir hielten lockeren Kontakt, gingen hin und wieder zusammen aus, telefonierten gelegentlich und ließen einander ansonsten in Ruhe. Ich verhalf ihm zu einer sehr schönen Wohnung in Mitte, als es dort noch bezahlbare Lagen gab, und er brachte mir die Bücher mit, die er geschrieben hatte und die ich brav las. Es waren Kriminalromane, die in Berlin spielten und mich nicht groß bereicherten, aber sie waren unterhaltsam und, wie ich von ihm erfuhr, sehr erfolgreich.

Und dann rief er eines Tages aufgeregt an, er müsse mich sprechen, es habe doch einen tieferen Sinn gehabt, dass wir uns wiederbegegnet seien, der Zufall gehe wundersame Wege, er habe etwas erfahren, das er mir unbedingt erzählen müsse.

Wir trafen uns in einer Pizzeria am Nollendorfplatz, und er sprudelte los, noch bevor er richtig saß: Seine Mutter sei in einem Pflegeheim in Moabit, und dort habe ihn ein Altenpfleger angesprochen, er sei doch Krimiautor, er, der Pfleger, kenne eine wahre Geschichte, die Hermann vielleicht für eines seiner Bücher brauchen könne.

Hermann sagte, er habe schon abwinken wollen, weil ihm das immer mal wieder passiere, dass jemand glaubt, sein eigenes Leben gebe eine umwerfende Geschichte her, aber weil der Pfleger immer so lieb zu seiner Mutter gewesen sei, habe er sich mit ihm auf eine Zigarette in den Garten gestellt und zugehört.

Der Pfleger erzählte, er habe bis vor wenigen Monaten in Süddeutschland gearbeitet, in einem Altersheim der Caritas in Schorndorf. Das sei in der Nähe von Stuttgart, wo der Hund begraben sei, deshalb habe er sich nach Berlin beworben, wo der Bär steppe.

Alte Leute kämen manchmal ins Erzählen, und wenn man nicht bei drei auf den Bäumen sei, kriege man komplette Lebensgeschichten aufgehalst mit Kindern, Enkeln, Schwiegermüttern, Schulkameraden, Berufskollegen und allem, was eben dazugehöre. In so eine Erzählung sei er bei einem Nachtdienst hineingeraten, und er habe schon auf Durchzug schalten wollen, als ihm aufgegangen sei, dass der Mann ihm einen Mord gestand. Einen Doppelmord …

Du ahnst schon, worauf es hinausläuft. Über eine völlig unmögliche Kette von Zufällen gerät einer, der mich kennt, an einen, der einen anderen kennt, der meinen Mann und deinen Vater umgebracht hat.

Und der Pfleger erfuhr auch den Grund. Der alte Mann hatte als elfjähriges Kind seinen Vater zum letzten Mal gesehen. Der Vater hieß Karl und war neunzehnhundertvierund-

vierzig über Weihnachten auf Fronturlaub zu Hause gewesen. Danach sei er nach Jugoslawien zurück und dort bei Kriegsende ums Leben gekommen.

Dies habe ihm der Bruder seines Vaters, sein Onkel Hans, berichtet, der in derselben Einheit diente und sah, wie ein anderer Soldat den schwer verletzten Karl während eines Angriffs, bei dem alle in Deckung gegangen waren, im Flugzeug von der Trage und zum Ausgang zerrte, seinen Kopfverband abwickelte, ihn sich selbst um den Kopf wand und sich anstelle Karls auf die Trage legte. Dieses Flugzeug habe kurz danach in Richtung Österreich abgehoben, und es sei das letzte gewesen, das aus dem Inferno herauskam.

Der Onkel hatte seine lange Zeit in Gefangenschaft nur mit dem Gedanken an Rache überlebt, Rache an dem Soldaten, den er am Tod seines Bruders für schuldig erklärte. Dieser Soldat war dein Vater.

Ausgerechnet Hermann, den ich jahrzehntelang nur widerwillig in meiner Nähe ertrug, sollte fast vierzig Jahre später den Abgrund, dessen Rand mir immer Angst gemacht hatte, verschwinden lassen mit einer aufgeschnappten Geschichte, die mir Konrads Tod erklärt.

Ich war so erschüttert, wie du es jetzt sein musst. Konrads Tod war ein Kollateralschaden (so nennt man das doch), er starb als lästiger Zeuge, es hatte nichts mit der Homosexualität zu tun, es war ein Zufall, Konrad musste sterben, weil er am selben Ort war wie dein Vater.

Es war ein Gefühl, als wäre ich endlich irgendwo angekommen, als Hermann mir das erzählte, beklommen und mit schlechtem Gewissen, weil er mich an die Stelle in meiner Biografie zurückwarf, an der ich vermutlich zerbrochen wäre, hätte ich dich nicht kennengelernt.

Den weiteren Verlauf der Geschichte kannst du dir denken: Der Onkel lebte, nachdem er heimgekehrt war, gerade noch so lang, dass er den Neffen, den Sohn des Mannes, der von deinem Vater aus dem Flugzeug geworfen wurde, mit seinem Rachedurst imprägnieren konnte. Dieser jetzt alte, demente Mann im Pflegeheim hatte das ihm aufgetragene Vermächtnis als knapp Vierzigjähriger erfüllt, deinen Vater gefunden, seinen Vater gerächt und meinen Mann nebenbei mitermordet.

Bitte denk jetzt nicht, ich fände den Mord an deinem Vater gerecht, wenn ich sage, er hatte immerhin einen Grund, der Mord an Konrad war nur – ja, was eigentlich – zufällig?

Ich weiß, ehrlich gesagt, nicht, was ich dir mit dieser Geschichte antue. Zu viel Eigenes steht mir im Weg, als dass ich mir vorstellen könnte, wie dir zumute sein muss, wenn du auf einmal damit konfrontiert bist, dass jemand deinen Vater seit den Fünfzigerjahren verfolgt und beobachtet hat, um ihn irgendwann zu töten. Deine Kindheit, deine Jugend, dein ganzes Leben während der gemeinsamen Zeit mit deinem Vater war überschattet von einer Bedrohung, die irgendwann zuschlug. Ob dein Vater nun schuldig war oder nicht, ob dieser Karl vielleicht schon im Sterben lag und in Österreich tot aus dem Flugzeug getragen worden wäre, das weiß man nicht. Dein Vater wollte leben und hat einen Weg gefunden, in das letzte Flugzeug zu kommen. Das wirst du ihm nicht vorwerfen, das wird niemand ihm vorwerfen, nur die, die glaubten, deswegen Bruder und Vater verloren zu haben.

Es war eine große Erleichterung für mich, diese Geschichte zu erfahren, und ich komme mir vor, als würde ich dich bestehlen oder verstoßen, indem ich sie dir erzähle, denn für dich kann es das nicht sein. Nach all den Jahren, in denen wir unsere eigenen Leben gelebt haben, führt uns jetzt wieder das zueinander, was uns damals schon zueinandergeführt hat. Der Tod deines Vaters und meines Mannes.

Und mir wird klar, dass du das Beste bist, was mir in meinem Leben geschenkt wurde. Morgen mehr. Es muss ein Schock für dich sein, ich wünschte, ich könnte dir das leichter machen. Deine Sylvie.

Morgen mehr? Was konnte denn jetzt noch kommen? Einen Augenblick lang überlegte ich, ob ich wieder nach den Fotoalben suchen sollte, aber ich ließ es sein. Auf den Bildern würde ich nichts sehen, was mir den neuen Aspekt an meinem Vater illustrieren konnte.

War es ein Schock? Einstweilen nicht. Ich war verwirrt und auf eine Art unangenehm berührt, die ich nicht erklären konnte. Ich wusste nicht einmal, wovon ich unangenehm berührt war.

Davon, dass mein Vater vor sechzig Jahren einen anderen Soldaten dem vielleicht ohnehin sicheren Tod überlassen hatte, um selbst zu überleben? Nein, das hätte jeder getan, dem die Chance geboten worden wäre. Oder war es der Gedanke an den Schatten, vom dem Sylvie schrieb? Einen jungen Mann, der uns verfolgt hatte, um die Gelegenheit für seine Blutrache abzupassen? Wie lange? Jahre? Ein Jahrzehnt? Hatte er mich und meine Mutter gekannt, verschont und gewartet, bis er meinen Vater alleine, weit weg von aller Zivilisation und eventuellen Zeugen, erwischen würde? Wie hatte er die Hütte entdeckt? War er meinem Vater gefolgt?

Und jetzt? Vegetierte er im Altersheim vor sich hin, ohne noch irgendeine Strafe zu fürchten, fühlte sich so sicher, dass er die Geschichte sogar einem Pfleger erzählte? Störte mich das?

Ich wusste es nicht.

Sollte ich ihn anzeigen? Hatte Sylvie das schon getan?

~

Wieso machte sie eigentlich schon wieder so ein Geheimnis aus ihrer Adresse? Was sollte dieses Zwischenschalten einer Anwaltskanzlei, als fürchte sie einen spontanen Besuch von mir, als könne solch ein Besuch sie in eine unangenehme Situation bringen. Oder mich. War sie entstellt? Wollte sie nicht, dass ich sie sah?

Mit dieser dummen, veralteten Briefeschreiberei würden sich unsere Fragen und Antworten so übereinanderschieben, dass nichts mehr zusammenpasste. Ich schrieb trotzdem.

Liebe Sylvie,

nein, es ist kein Schock. Oder einer, den ich bis jetzt noch nicht spüre. Da ist keine Erschütterung oder neu erwachte Trauer, auch kein Aufatmen oder Erleichterung. Ich weiß, dass das bei dir anders ist, du hast deinen Konrad geliebt. Ich habe meinen Vater nicht geliebt.

Aber ein Gefühl, als wäre ich einen lebenslangen Krampf los, eine Art Beruhigung spüre ich doch, weil sich der Kreis geschlossen hat, weil wir uns wieder Briefe schreiben.

Mein Sohn, der nicht mein Sohn ist, nicht einmal adoptiert, er ist der Sohn meiner zweiten Frau, lebt im selben Haus und war in den letzten Jahren der einzige Mensch, der zu mir gehört. Seine Zwillingstöchter sind noch zu klein – vielleicht werden sie auch zu mir gehören, wenn sie größer geworden sind –, jetzt bist du wieder da, und zwar weiß ich nicht, ob du zu mir gehören oder gleich wieder weiterziehen willst, das Geheimnis um deine Adresse scheint mir solche Spekulationen nahezulegen, aber ich merke: Etwas ist gut geworden, das bisher nicht gut war.

Ob uns die verstrichenen Jahre einander haben fremd werden lassen oder nicht, das können wir ja herausfinden.

Jetzt warte ich weiter darauf, ob sich doch noch ein Schock einstellt, aber hauptsächlich warte ich auf deinen nächsten Brief. Dein Simon

~

Mein Telefon klingelte. Es war Knut, der, seit wir uns in Hamburg gesehen hatten, hin und wieder anrief, um zu plaudern. Das dauerte nie lange, und ich ließ es über mich ergehen, obwohl ich nichts mit ihm anfangen konnte. Die paar Gemeinsamkeiten, die wir gehabt hatten, waren vor mehr als dreißig Jahren schon verbraucht gewesen, aber er schien mir einsam, er war geschieden und mit seinem Sohn verfeindet, also warum sollte ich nicht ab und zu mal ein Bier mit ihm trinken oder fünf Minuten Small Talk am Telefon hinter mich bringen.

Vielleicht plagte mich ja noch immer das schlechte Gewissen von damals, als ich ihn so schnöde verraten hatte, nur weil er zum Bund gegangen war.

»Manni hat's erwischt«, sagte er.

»Wie meinst du das? Hat er sich verliebt oder was?«

»Nein«, sagte Knut, »er ist tot.«

Ich schwieg. Ich begriff, was Knut sagte, aber ich begriff nicht, wieso es mich wie ein Schlag aufs Brustbein traf. Ich hatte Manni vor elf oder zwölf Jahren zum letzten Mal gesehen, nicht mehr als ein paar unverbindliche Worte mit ihm gewechselt, ich hätte ihn nicht mehr dazugezählt zu den Menschen, die mir noch etwas bedeuteten, aber jetzt spürte ich Druck an meinen Unterlidern und verstand nicht, wieso.

»War heute in der Zeitung«, sagte Knut, als ihm mein Schweigen langsam über wurde, »er wird am Mittwoch hier beerdigt.«

»Weißt du, wie es passiert ist? Unfall? Krebs? Weißt du irgendwas Genaueres?«

»Nein. Kurze, schwere Krankheit steht in der Anzeige. Mehr nicht.«

»Gehen wir hin?«

»Ja. Er war unser Freund.«

Jetzt musste auch Knut am anderen Ende der Leitung mitbekommen, dass ich weinte, denn ich konnte ein Schluchzen nicht unterdrücken. Sein letzter Satz war mir unters Zwerchfell geschossen. Er war unser Freund. Stimmt, dachte ich, das hatte ich vergessen.

»Ich meld mich«, sagte ich und legte auf.

~

Es war keine ruhige Nacht, aber ich träumte nicht von Manni, nicht von Knut, nicht von Sylvie, sondern von Luzie. Sie stand an meinem Bett und wollte, dass ich aufwache. Sie rüttelte mich und sagte, das Flugzeug geht jetzt gleich, aber ich war so müde, dass ich immer wieder einschlief.

~

Ich wusste nicht so recht, weshalb, aber ich durfte Sylvie nichts von Mannis Tod sagen. Sie konnte davon wissen, wenn sie in den letzten Tagen nach ihm gesucht hatte, aber da sie ihn mir gegenüber nicht erwähnte, nahm ich an, sie hatte ihn aus ihrem Leben ausgeblendet. Ich würde ihn jetzt nicht eigenmächtig wieder einblenden.

Lieber Simon,
die Geschichte geht noch weiter. Zuerst wollte ich spontan zur Polizei gehen und den Mann anzeigen, aber dann kamen mir Zweifel, ob die Aussage des Pflegers ausreichen würde, ob die Ermittler überhaupt andere, deckungsgleiche Aussagen bekämen, ob der Mann nicht nur alles zu leugnen brauchte oder die ganze Geschichte auf seine Demenz schieben. Beweise konnte es nicht mehr geben.

Dann dachte ich, der Knast, falls er verurteilt würde und falls er ins Gefängnis müsste, wäre auch nur eine Variante des

Altersheims, und wenn er dement genug war, würde er noch nicht einmal dahin kommen oder, falls doch, nicht merken, was an seiner neuen Umgebung anders ist.

Trotzdem bat ich Hermann, den Pfleger nach dem Namen des Mannes und der Adresse des Heims zu fragen, weil ich inzwischen überzeugt war, dass ich diesen Kerl sehen musste. Ich musste ihm gegenüberstehen und ihm sagen, dass er mir meinen Mann genommen hatte. Das war das Mindeste.

Hermann erzählte mir, der Pfleger habe sich geschmeichelt gefühlt, weil jetzt wirkliche Recherche folgen sollte und er demnächst in einem Buch vorkäme, und gab mir einen Zettel mit Namen und Adresse.

Den ließ ich eine Zeit lang liegen, fasste ihn nicht an und erwog sogar schon, ihn einfach wieder wegzuwerfen, aber es war, als ob er strahlte. Immer intensiver und fordernder. Er enthielt die Pflicht, der ich mich nicht entziehen durfte, ich musste dorthin und den Mann konfrontieren.

Inzwischen wusste ich, dass du immer noch in Konstanz lebst, das Internet macht es einem heutzutage leicht, so etwas herauszufinden. Ich war nahe dran, dich anzurufen, damit du mit mir zusammen gehen konntest, aber dann dachte ich, das muss jeder von uns alleine tun. Du für deinen Vater, ich für meinen Mann. Ich beschloss also, dir die Adresse hinterher zukommen zu lassen und erst einmal selbst zu fahren.

Bei der Anmeldung im Altersheim gab ich mich als frühere Nachbarin aus, nannte einen Phantasienamen und wurde einfach ins Zimmer hochgeschickt. An solchen Orten freut man sich über Besuch und kommt nicht auf die Idee, dessen Motive zu hinterfragen.

Der Mann schlief, und ich hatte auf einmal nicht mehr das Bedürfnis, mit ihm zu reden. Ich fürchte, das hast du schon ein paar Zeilen früher geahnt, ich selbst begriff erst richtig, was ich eigentlich von ihm wollte, als ich schon den Stimmhammer in der Hand hielt, den ich dir vor langer Zeit entwendet habe (du

*hast ihn nie vermisst, ich habe ihn als Souvenir und Jenedit-
quoi durch die halbe Welt getragen). Es war vollkommen richtig, ihn dem Mann auf seinen Kopf zu schlagen, ich weiß
nicht, wie oft, vielleicht viermal oder fünfmal, ich weiß auch
nicht, wie stark ich zugeschlagen habe, aber es muss stark genug
gewesen sein, bis mir die Leblosigkeit seines Anblicks genügte,
ich wandte mich ab, steckte das Ding wieder ein, wischte mit
dem Ärmel die Türgriffe innen und außen ab und spazierte
nach unten und nach draußen und die Straße hinunter bis zu
einem Taxistand, fuhr zum Bahnhof, wartete entspannt und
ganz eins mit mir und meiner Tat, ja in einer wirklich heiteren,
gelösten, erleichterten Stimmung auf den nächsten Zug nach
Stuttgart. Erst dort warf ich mein Souvenir in eine Mülltonne.*

*Meine Haare sind neuerdings kurz und schwarz, mein Ge-
wissen ist rein, der Mann ist einer Spiegelung seiner eigenen
Tat begegnet. Ein Mord ohne auffindbares Motiv, ein Täter,
den niemand identifizieren kann, eine Tatwaffe, die niemals
gefunden werden wird, sein eigener perfekter Mord hat ihn,
kurz bevor er sich hätte aus dem Leben schleichen können,
wieder eingeholt. Ich hoffe, Konrad bekommt es irgendwie mit,
und vielleicht nickt mir ja dein Vater aus der anderen Welt
aufmunternd zu.*

*Du wirst das nicht tun. Du wirst entsetzt sein und nichts
mehr mit mir zu tun haben wollen. Das verstehe ich, und ich
glaube, es wird mir nicht wehtun, oder ich werde es jedenfalls
nicht bedauern, denn ich habe mich selbst dafür entschieden.
Obwohl ich das vorher nicht wusste, habe ich mich entschieden.
Es war richtig*

Ich bin jetzt eine Mörderin.

*Und als solche grüße ich dich aus dem Untergrund, deine
Sylvie*

~

Die Beerdigung war so, wie diese Veranstaltungen häufig sind, weil sich anscheinend jeder gern in die Floskelhaftigkeit immer gleicher Rituale ergibt – vielleicht ist das tröstlich, vielleicht hält man auf diese Weise die Verzweiflung von sich fern –, eine Pfarrerin sprach, angenehm kurz und unverbindlich, der damalige Bassist und Drummer spielten mit einem sehr jungen Gitarristen eine Instrumentalversion von *Little Wing*, am Grab sagte die Pfarrerin noch eine Beatles-Zeile auf: *And in the end the love you take is equal to the love you make*, und ich hörte im eigenen Kopf die anschwellende, jubelnde Musik dazu – das Finale von *Abbey Road*.

Ich sah zwei junge Leute, einen Mann und eine Frau, die vielleicht seine Kinder waren, ich kannte außer den beiden alten Bandmitgliedern keinen der ohnehin nur wenigen Menschen. Der Sänger war nicht da, die späteren Mitspieler auch nicht, oder sie ähnelten ihren Fotos von damals so wenig, dass ich sie nicht mehr damit zusammenbrachte.

Mannis Urne wurde in das Familiengrab gesenkt, und alle warfen eine Blume hinterher, da tippte mir jemand auf die Schulter, und als ich mich umdrehte, lächelte mich eine dicke, schöne Frau an, und noch bevor ich das Lächeln zuordnen konnte, sagte sie: »Ich bin Anke. Immer noch.«

Ich nahm sie in die Arme und erkannte ihren Duft, wollte sie im ersten Moment gar nicht wieder loslassen, so wohltuend war es, sie an mich zu drücken, bis mir der Gedanke kam, sie könnte verheiratet sein, ihr Mann könnte neben ihr stehen, es wäre vielleicht nicht in Ordnung, sich hier in einer Umarmung zu verlieren, die eine vergangene Intimität heraufbeschwor.

»Wir waren Nachbarn in Hamburg«, sagte sie noch immer lächelnd, als ich sie endlich losgelassen hatte. »Manni war mein Nudelreservoir, wenn ich beim Einkaufen wieder mal mit den Gedanken woanders war. Er hatte immer Spaghetti.«

~

Sie war nicht verheiratet und hatte sich mir und Knut angeschlossen, und wir saßen bei mir in der Küche, wo ich zu Ehren von Manni Spaghetti machte, und sie erzählte, dass er immer wieder von mir geredet habe, beide hätten das getan, sie auch, aber keiner von ihnen hätte den Mumm gehabt, sich mal bei mir zu melden, weil beide gedacht hatten, dass es zerrissen sei zwischen ihnen und mir und ein Versuch, die Freundschaft wiederzubeleben, nur peinlich werden konnte.

»Aber wieso denn?«, fragte ich.

»Das weiß ich jetzt auch nicht mehr«, sagte Anke, »vielleicht war es einfach zu lang her. Da stimmt's dann irgendwann nicht mehr.«

»Ich hätte mich jedenfalls gefreut.«

»Das kommt sicher auf den Zeitpunkt an«, sagte sie, »bestimmt gab's auch Momente, wo es dir nicht gepasst hätte.«

»Sicher. Ich hab mich ja auch nicht aufgerafft.«

»Eben.«

Knut war still, ließ uns reden und betrachtete sein zwar erhobenes, aber nur halb zum Mund geführtes Wasserglas nachdenklich, bis er es unverrichteter Dinge wieder absetzte. »Ich hab immer von dir geträumt«, sagte er plötzlich zur Tischplatte, und Anke und ich sahen uns an, weil wir nicht wussten, wen er gemeint hatte.

»Von mir?«, fragte Anke.

»Ja, glaubst du, von ihm?« Knut deutete auf mich und ließ den Kopf hängen, als müsse er sich unter einer Gefahr wegducken.

»Weiß man's?« Anke lächelte.

Erst jetzt wurden wir verlegen, weil Knut viel zu direkt herausgeplatzt war mit seiner verspäteten Liebeserklärung. Ich konnte mit dem Knoblauch, den ich ins heiße Öl gab, hantieren, aber Anke hatte nur das Glas Wasser, das ihr immerhin ein paar Sekunden schenkte.

»Aber jetzt ist gut, oder?«, sagte sie schließlich.

»Je nachdem«, sagte Knut, »jetzt geht's wieder los. Ich hatte dich ja schon vergessen, aber jetzt strahlst du wieder und bist mitten in der Welt für mich.«

Solche Eloquenz hatte ich ihm nicht zugetraut. Ich kannte ihn als einen, der immer in Floskeln redete und mit simplen Sachverhalten auskam. Einen Satz wie den eben gehörten hätte ich nicht von ihm erwartet.

»Ich bin gerührt«, sagte Anke, und es klang nicht ironisch. »Und verwirrt bin ich auch.«

»'tschuldigung«, sagte Knut.

»Da nich für.« Anke griff nach seiner Hand und schwenkte sie auf und ab, lächelte breit, zuerst Knut an, dann mich, dann stand sie auf, zog Knut mit sich und sagte zu mir: »Du entschuldigst uns, oder?«

»Das tu ich«, sagte ich und holte ihre Mäntel aus dem Flur.

~

Mein zweiter und dritter Brief waren noch immer nicht bei Sylvie angekommen, jedenfalls nicht, bevor sie ihren letzten an mich geschrieben hatte.

Lieber Simon,
dass ich so gar nichts von dir höre, macht mir zwar Sorgen, aber ich kann mir gut vorstellen, dass ich dich überfordere und in eine unmögliche Situation bringe.

*Nach meinen Erzählungen verstehst du sicher, warum ich
nur unter der Adresse des Anwalts geschrieben habe, er hat
Schweigepflicht, ihn kann man nicht zwingen, mich zu verpfeifen. Er weiß nicht, was ich getan habe, nur dass ich nicht
gefunden werden will. Dies hier ist mein letzter Brief an dich,
danach werde ich nach irgendwo verschwinden und darauf hoffen, dass mir keiner auf die Spur kommt.*

*Ich fange also schon wieder ein neues Leben an. Nein, ich
schlage noch einmal ein neues Kapitel in dem einen, einzigen
Leben, das ich habe, auf.*

*Dir danke ich für das, was du für mich warst, in der Wirk-
lichkeit und auch in meiner Phantasie, vielleicht ist es ja gut,
dass keine Post von dir kam, in der vielleicht gestanden hätte,
dass du nichts mehr von mir wissen willst, dass du nicht mehr
an mich denken willst und unsere Verbindung, die Liebe anderer Art, gelöst hast. So kann ich dich weiter als meinen Seelen-
bruder betrachten und mir einbilden, du wünschst mir Glück.*

*Das werde ich brauchen, und ich wünsche es dir auch. So
sehr, dass ich mir vornehme, in Zukunft lieber so flüchtig und
nebenbei wie möglich an dich zu denken, damit mir die Tatsache nicht allzu sehr wehtut, dass ich dich nie wiedersehen
werde.*

In Liebe, deine Sylvie

2014

Julia war es gelungen, die Zwillinge so konsequent von
mir fernzuhalten, dass ich sie nach der Scheidung und
ihrem Auszug nicht allzu sehr vermisste. Ich war auch so
beschäftigt damit, mir Sorgen um Lukas zu machen, der
sich mit den allerfalschesten Mitteln dem Trauma entge-
genzustellen versuchte, dass ich nicht oft an die beiden
stillen, klugen Mädchen denken konnte.

Er fuhr mit einem Porsche, den er sich nach der ruinösen Scheidung gekauft hatte, aber nicht mehr leisten konnte, durch die Gegend, hatte sich ein großspuriges und lautes Benehmen angewöhnt, schleppte junge Frauen ab, die er nach einer Nacht oder einer Woche wieder fallen ließ und von vornherein herablassend behandelte – ich bekam das alles mit, weil er immer noch unter mir wohnte –, er war mir unsympathisch geworden.

Er tat mir leid, aber er wurde mir jetzt so fremd, wie Julia es wohl schon immer gern gehabt hätte, und es fiel mir zunehmend schwer, ihn nicht mit bissigen Kommentaren auf seine unangenehme Verwandlung hinzuweisen. Er spürte das und mied meine Gesellschaft, beschäftigte sich mehr mit seinem Boot (das er sich ebenfalls nicht leisten konnte) als mit der zum Glück noch immer florierenden Firma, besuchte seine Töchter, wenn er durfte, und immer danach war er so niedergeschmettert, dass ich den Menschen unter der Maskerade hervorschauen sah. Ich hätte ihn dann manchmal gern in den Arm genommen, ihm Alkohol aufgedrängt oder ihn zu einem Wochenende auf dem Feldberg überredet, aber er schloss die Tür hinter sich, nachdem er mir knapp zugenickt hatte, zog sich eine Linie Koks durch die Nase und kam nach wenigen Minuten mit frisch gegeltem Haar wieder heraus, um sich in das, was ihm jetzt noch als Leben blieb, zu werfen.

~

Anke und Knut besuchten einander. Anke gab in Hamburg ihre Klavierstunden – sie hatte mit über dreißig noch einmal neu angefangen und Schulmusik studiert –, Knut fuhr nicht mehr selbst, sondern machte nur noch die Geschäftsführung und nahm sich frei, wann immer er konnte. Sie waren ein schönes und reiselustiges Paar, das vor Lebensfreude sprühte und in dessen Gesellschaft ich mich wohlfühlte.

Meine Musik war inzwischen im einen oder anderen Industriefilm zu hören, den Kontakt hatte Lukas hergestellt, und ich wurde immer wieder angefragt, sodass ich mir nicht wie ein Rentner oder Reicher vorkam, der seine Zeit vertrödelt.

Wenn ich an Sylvie dachte, was ich oft tat, denn sie war wieder zu einer unsichtbaren Begleiterin meines Alltags geworden, dann dachte ich nicht an sie als Mörderin, nicht daran, dass sie diesen Mann erschlagen hatte und sich jetzt irgendwo unsichtbar machen musste, sondern daran, dass sie mir fehlte, dass ich gern mit ihr reden würde, dass ich ihr die Nachricht von Mannis Tod noch schuldig geblieben war, dass ich ihr gern noch gesagt hätte, ihre Tat sei für mich kein Grund, sie zu verurteilen.

Ich brauchte kein Kettenkarussel mehr, um an sie erinnert zu werden, sie war seit den Briefen wieder so präsent, als läge unsere Trennung erst ein paar Wochen zurück.

~

Als ich dann in einer E-Mail, die ich schon hatte wegknipsen wollen, weil ich sie für Spam hielt, den Betreff *Von Sylvie* las, passte das zu dem gedämpften Knall des Tabs in der Spülmaschine, zur frühlingshaften Wärme, die durch die geöffneten Fenster hereinströmte, den vereinzelten nächtlichen Geräuschen von draußen, es war, als tippe mir jemand auf die Schulter, und zwar der richtige Mensch. Der, auf den ich gewartet hatte.

Lieber Simon,

ich bin's wieder, diesmal ohne jede Geheimniskrämerei, denn mein perfekter Mord war nicht so perfekt, wie ich geglaubt hatte. Daran, dass der Altenpfleger aus Berlin all seinen Ehrgeiz und seine Hoffnung auf Geltung oder was weiß ich auf das Buch projiziert hatte, dass er ungeduldig auf dessen Erscheinen wartete, sich immer wieder bei Hermann meldete und nur vorübergehend vertrösten ließ, hatte ich nicht gedacht.

Irgendwann meinte er, noch mehr erfahren zu müssen, um Hermann endlich richtig für die tolle Story zu begeistern, und meldete sich in Schorndorf, wo er erfuhr, eine rothaarige Unbekannte habe den Mann, den er sprechen wolle, vor Monaten umgebracht. Das ließ ihm dann wohl keine Ruhe, und er begann, Hermann unauffällig auszufragen, erfuhr so, weil Hermann keine Ahnung von den Folgen seiner Erzählung hatte, meinen Namen, die dahinterstehende Geschichte (und damit mein Motiv) und ging mit stolzgeschwellter Brust, weil er jetzt einen echten Kriminalfall aufklären helfen würde, zur Polizei.

Die fand mich mit internationalem Haftbefehl in Südfrankreich, in einem blumenüberwucherten Dorf namens Bormes les Mimosas nahe der Côte d'Azur, man lieferte mich nach Deutschland aus und hatte dort leider einen genetischen Fingerabdruck am Tatort sichergestellt, von dem ich nichts wusste: auf dem Fahrschein von Stuttgart nach Schorndorf, der mir aus der Tasche gefallen sein musste, als ich den Stimmhammer herausnahm.

Als sie mir das eröffneten, legte ich ein Geständnis ab, mir wurde auf einmal alles zu viel, und ich wollte nur noch meine Ruhe haben.

Die habe ich jetzt. In Schwäbisch Gmünd in der Justizvollzugsanstalt, wo ich meine Tage mit Frauen verbringe, die Ähnliches getan haben, die ich zum Teil erträglich finde und zum anderen Teil meide. Der Blick aus den Fenstern ist nicht so besonders, aber ich jammere nicht. Es war meine Entscheidung, *diesen Kerl um sein restliches Leben (das vielleicht nur noch Wochen gedauert hätte) zu bringen, also ist es auch meine Aufgabe, die Folgen dieser Entscheidung in meinem restlichen Leben mit Würde zu tragen.*

Ich habe viel Zeit, und deshalb fiel mir irgendwann der Anwalt in Heilbronn ein, ich schrieb ihm eine Mail und bekam zur Antwort, da lägen noch zwei Briefe für mich. Als ich die schließlich in Händen hielt, weinte ich um dich, dein verlorenes Kind, deine verlorene Frau, den Schmerz, dem du ausgeliefert gewesen sein musst und in dem ich dir nicht beigestanden habe. Ich schäme mich für meine Egozentrik. Ich hätte für dich da sein müssen.

Falls ich das in irgendeiner Weise jetzt noch kann, bitte melde dich. Komm mich besuchen, oder schreib mir, was immer du dir vorstellen kannst, das zwischen uns beiden noch oder wieder sein könnte, lass es mich wissen.

Und wenn ich nichts von dir höre, ist das auch in Ordnung, ich glaube nicht, dass ich Anspruch auf irgendwas habe. Ich erwarte nicht von dir, dass du dich mit einer Mörderin abgibst, ich erwarte gar nichts von dir, außer dass du mir glaubst: Ich denke an dich und bin dankbar für das, was war.

In Liebe. Deine Sylvie

Ich sehe, wie der Mann auf dem Bahnsteig die Arme ausbreitet, strahlt und das kleine Mädchen in diese Arme springt, die Beine um seine Taille klammert, die Arme um seinen Hals und wie ein Kätzchen Kinn und Wange an seiner Schulter reibt.

Als der Zug seine Fahrt fortsetzt, sind die beiden längst verschwunden, aber ich behalte ihr Bild noch bei mir bis Schwäbisch Gmünd.

Vier Freundschaften und ein Todesfall

Thommie Bayer

**Vier Arten, die Liebe
zu vergessen**

Roman

Piper Taschenbuch, 288 Seiten
ISBN 978-3-492-30253-1

Emmis Tod bringt vier alte Schulfreunde wieder zusammen.
Beinah zwei Jahrzehnte haben sie sich nicht gesehen, viel
ist inzwischen geschehen. Und so verabreden sie sich noch
am Grab für ein Wochenende in Venedig: Die vier wollen
endlich herausfinden, was ihre Freundschaft ihnen wirklich
wert ist – und was genau sie all die Jahre nicht losgelassen hat.

PIPER

Leseproben, E-Books und mehr unter www.piper.de

Ein doppelbödiger Roman über die Inspiration und die Macht eines geborgten Lebens

*Cover- und Preisänderungen vorbehalten

Thommie Bayer
Weißer Zug nach Süden
Roman

Piper Taschenbuch, 144 Seiten
ISBN 978-3-492-30849-6

Die junge Italienerin Chiara schlüpft in das Leben ihrer Freundin Leonie und begegnet dabei einem Mann, der auf faszinierende Weise ihre Gedanken zu lesen scheint. „Weißer Zug nach Süden" erzählt von dem geborgten Leben einer ganz besonderen Frau und ist zugleich ein raffinierter kurzer Roman über die Unergründlichkeit menschlicher Inspiration. »Mit spielerischer Eleganz und leichter Hand schreibt Bayer (...) über die Liebe und andere Grausamkeiten – spannend, sensibel und poetisch. Das macht ihm so leicht keiner nach.« *Nürnberger Nachrichten*

PIPER

Leseproben, E-Books und mehr unter www.piper.de